U1020897

风雅处州

丽水瓯江诗人诗词选

周加祥　主编

中国美术学院出版社
CHINA ACADEMY OF ART PRESS

贺《风雅处州——丽水瓯江诗人诗词选》付梓

王　骏

处州风雅正当时，
绿水青山催好诗。
一卷瓯江骚客句，
无边生态最神驰。

王骏，1957年1月出生，籍贯杭州。1982年1月毕业于原杭州大学化学系。现任中华诗词学会常务理事、浙江省诗词与楹联学会会长，浙建集团太阳潮诗社名誉社长。编著出版有诗文集《晓篁清风》《营造美丽》《无边的风景》《钱塘江诗词选》等。

序

◎ **周加祥**

括苍如壁画，岁月作歌吟；诗赋催春意，人间境象新。

在习近平新时代中国特色社会主义思想指引下，近些年来，丽水市诗词楹联学会在市委、市政府的重视和市委宣传部、市文联、市社科联等部门的支持下，先后召开了三届诗词理论研讨会，组织出版了论述“瓯江诗派”和“中华生态诗”的论文集1至3辑，创作选编了《丽水生态诗选》等诗词集3册。今天，又一本新书《风雅处州——丽水瓯江诗人诗词选》付梓，可喜可贺！

书名中的“丽水瓯江诗人”，是指出生在丽水，对丽水富有乡土情怀，或长期生活、工作在丽水，且善于用诗词的文学形式讴歌丽水的自然与人文，并专心致志于诗词事业，为其发展、创新、提升而不懈努力的人士。“瓯江诗人”概念启发于“瓯江山水诗路”和“瓯江诗派”，首提于2018年6月9日丽水市诗词楹联学会换届大会新任会长表态发言时。此概念一经提出就得到了时任中华诗词学会理事、浙江省诗词与楹联学会副会长叶志深先生等人士和众多理事的认可与支持。当时之所以提出“瓯江诗人”的概念，明确出版《丽水瓯江诗人诗词选》专辑的思路，是为加强丽水诗词人才队伍建设，培养创作骨干，推进“瓯江诗派”发展，提升“中华生态诗”创作水平，增强诗人的荣誉感，鼓励诗人、诗词爱好者为新时代的诗词文学艺术踔厉奋进。因此，丽水市诗词楹联学会会刊——《诗·瓯江》，自2018年第2期试行设立了“瓯江诗人”专栏。入选者可在正常发表诗词作品的基础上，一次性发表六个页码的个人诗词或楹联作品，并适时将这些作品结集成册，公开出版发行。学会将发给入选者“瓯江诗人”荣誉证书。

丽水市诗词楹联学会确定的“瓯江诗人”入选基本条件（试行）：

一是诗德高尚。在诗词文艺创作中，拥护并自觉践行社会主义核心价值观，自觉贯彻新时代党的文艺理论，贯彻文艺“二为”方向和“双百”方针，贯彻执行党和政府的文艺政策法规。热爱中华诗词事业，愿为“瓯江诗派”“中华生态诗”做奉献，为弘扬丽水诗词文化艺术不懈努力。

二是诗艺出众。在丽水诗词界有广泛影响力，在丽水市内外有较高知名度；在各地政府及部门、合法社会团体组织举办且面向全国征稿的诗词赛事中获得过等级奖；在国家承认的全国性诗词类出版物上发表过诗词作品；诗词理论文章在市级以上研讨会入选或者在市级以上报刊发表。

三是在同等条件下，长期义务为丽水诗词事业服务、自愿为丽水诗词事业发展解决实际困难的贡献突出者优先入选。

选择对象范围：已加入丽水市诗词楹联学会、浙江省诗词与楹联学会、中华诗词学会，并模范履行会员职责的丽水诗人或在外地的丽水籍诗人（特殊情况除外）；对丽水诗词事业做出重大贡献的外地诗人。

评选办法：各县（市、区）、市直单位诗词组织推荐；诗人自荐；丽水市诗词学会评选。

对已经入选的“瓯江诗人”，违背“诗德高尚”原则、违背相关学会章程的，取消其“瓯江诗人”的称号，并尽可能在相应范围内消除影响。

本专辑入选的“瓯江诗人”有12位。他们都是热心于中华诗词事业，长期无私为丽水的诗词文化事业呕心沥血，为拓展“瓯江山水诗路”，创建“瓯江诗派”，创作“中华生态诗”不遗余力，并热心支持帮助丽水诗词楹联学会的新老丽水诗人。其中非常值得一提的是景宁农家诗人张路福先生，他自古稀之年开始，就在诗田里孜孜不倦耕耘，十年如一日，坚持创作乡土诗。作品被其儿子宝来发现后，帮助整理出版了《土诗》两册，为丽水诗田栽下了“土诗”的好苗。这与丽水创建“瓯江诗派”、创作“中华生态诗”一样，在当今诗坛是独一无二的。这次我们遴选老先生的“土诗”50首，与“中华生态诗”一起发表，期许它能与其他的诗词体裁一样，在诗的山程水驿中不断成长。希望这位田园“土诗”首创者的作品能为读者所喜欢，其“瓯江诗人”的地位能得到大家的认可！

碧水东流去，山田两岸排。诗家抒玉笔，吟诵更开怀。通读首辑《风雅处州——丽水瓯江诗人诗词选》，给人一种愉悦感、舒适感，除先睹为快外，第一感觉就是：作者们是为此付出了艰辛劳动的，这些作品的经纬度是他们亲自用脚丈量过、用眼扫描过、用脑思忖过的，因此有浓浓的乡土味，有清清的生态风，有暖暖的人间情。相信丽水的诗词组织以及诗人们，今后一定会在“瓯江诗派”的感召下继续努力，推选出更多的瓯江诗人，创作出更多更优秀的丽水乡土诗、中华生态诗，荣光必将属于新一代瓯江诗人！

2023年8月2日

目录

CONTENTS

尚佐文(莲都)

尚佐文，1968年6月生，浙江省丽水市莲都区人。中共党员，大学学历，编审。现任杭州出版集团副总经理兼杭州出版社总编辑，中国美术学院客座教授、研究生导师。系中国楹联学会常务理事、浙江省文史研究馆研究员、浙江省政协诗书画之友社副理事长、浙江省诗词与楹联学会学术总顾问。出版有《楹联概说》（专著）、《马一浮全集》（参与点校）、《吴昌硕全集》（文献分卷主编）、《诗路宋韵》（合作主编）等。

丽水山中

万树齐抽绿，千花竞绽红。
笑他春太嫩，着意媚东风。

回乡以炒粉干下糯米酒

能安游子意，能固酒徒盟。
能令出山浊，忽忆在山清。

泡澡戏作二绝句

（一）

尘世知多垢，皮囊浣有时。
检点无大阙，虽敝尚能支。

（二）

木处诚恂惧，犹堪效水居。
沉浮乐升斗，忘却我非鱼。

老宅拆建旧木料充作柴火数年未尽

退居聊积木，起复便成灰。
黄粱千遍熟，不负栋梁材。

露台麦熟

寸土欹斜着数行，熏风吹绿到金黄。
收来一捧珍逾璧，快意何输谷满仓。

春　寒

凄风苦雨锁楼台，料峭春寒去复回。
未必东君真肯到，报知桃李莫轻开。

回乡绝句十首

（一）回滴水岩村

一路驱车九折盘，相迎犹识旧松杉。
桃花岭下无多路，溪绕山围滴水岩。

（二）途中见扬沙江畔者

琅琅笑语随沙落，漾漾青山浴水新。
漫道机心出机事，乡间机事亦真淳。

（三）溪畔

跳珠时欲齐丁步，藤蔓秋犹绿短墙。
毕竟此间多会意，钱塘虽好是他乡。

（四）村貌

昔年穷巷走牛羊，今见通衢接四方。
更向荒原丛草里，红砖黑瓦起楼房。

（五）话旧

少贱故多能鄙事，竹林松径最相知。
本来面目君须记，一个樵薪牧豕儿。

（六）朝起

朝来爽气到窗前，霞蔚云蒸烂漫天。
我有童心磨不尽，此生长作在山泉。

（七）偕友登秧堂山

一径苍苍横翠微，千峰脉脉倚斜晖。
忍心抛得家山去，合被今朝猿鹤讥。

（八）所见

黄昏登眺风光异，半是欣然半怅然。
户户新添煤气灶，山村从此失炊烟。

（九）忆夜读

万山深处记吾曾，黄卷青灯气自宁。
读到心驰神往处，起身遥望一天星。

（十）别母

十年游子阙晨昏，翻惹慈亲系梦魂。
知是春晖不可报，匆匆又欲出家门。

回乡偶作

陈年桌椅暗生光，米酒清醇板栗香。
一种开心无可替，闲听父母话家常。

车行见青山妩媚有作

迎送当知此意深，延绵夏木喜阴阴。
惯看过客仍青眼，纵染缁尘有素心。

除夕日登老家门前小山

修竹漫坡皆后进，苍松与我或同年。
青山怜此风尘客，指引来寻石上泉。

乡间忆旧三首

（一）
夏夜捉萤火虫纳于麦秆中作灯

草上萤如天上星，摘星众手看谁能。
穷乡不解学车胤，夜半空摇麦秆灯。

（二）

溪石间觅蟹得则以裤管卷之

无复横行气势豪，缩身石底若藏逃。
生擒不畏双螯利，赤脚归来裤管高。

（三）

网得蜻蜓归家以细线系之令捉蚊

蜻蜓歇歇蝶飞飞[①]，漫舞鲛绡迎汝归。
蚊蚋闻声应远遁，细绳不碍展神威。

首夏二首

（一）

连宵雨霁放新晴，排闼青山照眼明。
晨兴会得前人语，首夏风光和且清。

（二）

春光如贼性贪残，卷紫搜红逐逝湍。
剩有绿肥搬不动，漫山留与世人看。

① 网蜻蜓咒语："蜻蜓歇歇，蝴蝶飞飞。"

游丽水东西岩作

皴染东西作两峰，天笺石墨见神通。
应知造化功难夺，卓笔当前谁比雄。

遂昌南尖岩云海梯田

镇日能闲合是仙，堆云成海海无边。
人间烟火杳然绝，犹自漫山学种田。

清明山中

云封烟锁无人到，草占枝侵一径斜。
为恐山深开寂寞，攀岩折取杜鹃花。

丁酉大年初一即景

溪声竹影自怡神，负曝何辞作野人。
一念知能生净信，万山深处远红尘。

大年初二露台昼寝

曝如可献真奇物，梦自无疑仍故吾。
睡起微惊生意动，漫山草木已先苏。

寒食日乘高铁回乡有作

行行止止任车忙，过眼山光接水光。
心境年来知渐老，清明时节最思乡。

周末回乡途中即景

山惯送迎浑旧识，田经耕获又新妆。
不须耳目频相接，气息潜知是故乡。

己亥秋赴丽水参加瓯江山水诗路暨瓯江诗派研讨会感赋

百溪千涧赴瓯江，峻岭崇山挺栝苍。
诗路源流疏凿罢，更挥彩笔写秋光。

浩然知有恶溪名，摩诘瑶章贵百城。
处士欣逢双巨擘，清音能继谢公声①。

太白神游天地间，缙云川谷亦何难。
一着曾赢杜陵叟，石门飞瀑入毫端②。

① 孟浩然《寻天台山》云："不惮恶溪名。"王维《送缙云苗太守》云："露冕见三吴，方知百城贵。"处州初设，即获王孟吟咏，何其幸也。

② 李白《送王屋山人魏万归王屋》云："缙云川谷难，石门最可观。瀑布挂北斗，莫穷此水端。"或以杜甫《赠高式颜》为送高氏之栝州作，殊不可信。

诗人络绎入仙都，徐子遗篇耀鼎湖。
借问古今贤地主，剩将何物答琼琚[①]？

晋泉唐涧宋溪河，驯至洋洋千顷波。
秋水时来清兴发，合当击桨续酣歌。

周日乘高铁自丽水返杭戏作

来往渐成旧识，山情水意绸缪。
一路频加青眼，处州看到杭州。

乡居近宅有鸟窝弃地携归供于案头

风尘知太近，檐宇厌低飞。
乐土偕谁适，空巢随我归。
厉天如有梦[②]，息羽或能依。
坐对增怀想，游心入翠微。

---

① 徐凝《题缙云山鼎池》（其一）“黄帝旌旗去不回”，允为绝唱。《仙都志》误系于白居易名下，乡人以白氏名高，乐传其讹，可发一叹。
② 《庄子》：“且汝梦为鸟而厉乎天，梦为鱼而没于渊。”

移　居

书剑两无成[1]，余生何所营。
翔蒿从斥鷃，择木效迁莺。
僻地开三径，新斋拥百城。
山中殊可悦，心共片云轻。

山　居

花木荫吾庐，何妨与世疏。
云来山以外，茶续酒之余。
偶学新翻曲，还寻旧读书。
嗒焉如有失，旋复觉蘧蘧。

回乡扫墓有作

清明循例雨潇潇，路入深山众窍号。
水泛微黄溪转阔，梢浮新绿树增高。
馨香式荐如其在，天地从知无所逃[2]。
不尽慎终追远意，森森翠柏荫蓬蒿。

① 首句借孟襄阳句。

② 孔子曰：“祭如在，祭神如神在。”《庄子·人间世》：“天下有大戒二：其一命也，其一义也……无所逃于天地之间。”

游遂昌千佛山

天风传梵音，林霭供香火。
藉石现庄严，发花证因果。
应生般若心，暂脱利名锁。
瞻仰忽移时，萧然泯人我。

龙角吟

戊戌春游庆元龙山，得枯树根，形似龙角，为赋。

龙山得枯根，仿佛龙之角。
在昔龙已屠，遗之历绵邈。
未肯化泥沙，孑然立污浊。
卷曲匠不顾，瘦硬雀不啄。
春来万木荣，一隅甘寂寞。
我见惜且怜，携之出沟壑。
驱车四百里，入水再三濯。
案头伴诗书，庶免尘土恶。
夜深相对坐，隐隐风雷作。

武林八集，群贤毕至，余因返乡探亲，末克追陪，遥分韵字得李，迁延月余无一句。今又返乡，归途高铁上作此交差

在昔宿舂粮，于今俟弹指。
人力日逞强，缩地能远徙。
便谓天可欺，骄横无所止。
孰料幽冥间，潜闻魑魅喜。
其势渐嚣张，此伏彼方起。
末法复何言，世界疑成毁。
浮生如抹电，寸心思孔迩。
娱亲愧老莱，晨昏惭游子。
往返浙东西，所亲惟行李。
遥知良宴欢，更兼珠玉美。
徒有羡鱼情，足弱辞鄙俚。
隔窗影憧憧，去我如箭驶。
持此谢诸君，文情皆幻耳。

野蜂结邻戏作

扪腹步中庭，瞥见群蜂忙。
循迹察所以，依树建蜂房。
扰扰频出入，累累竞负囊。
纵横自成列，井然立宫墙。
若有蜂太史，珥笔侍其旁。
粤维年月日，迁岐纪吾王。
胥宇知有美，周遭绿未央。
作庙既翼翼，应门已将将。
奔奏颂君德，福寿祝无疆。
明朝风雨至，枝折国倾亡。
史书万千字，一并归茫茫。

小女养蜗牛一只戏作

蜗牛负庐蠕其腹，入我屋中复架屋。
初来畏生颇瑟缩，旋放形骸相亲熟。
其庐非竹亦非木，如金如石坚不扑。
其身柔白质如玉，左之右之随所欲。
不急不愠知全福，似笑世人太忙促。
嗟尔莫收蛮与触，我欲因之觇大国。

临江仙·山居春暮

案上青山乱叠，枝头红日低斜。轻寒细细透窗纱。长空归宿鸟，重影护幽花。　　流水行云旧曲，清香微苦新茶。闲情容易老韶华。开门延爽气，矫首看馀霞。

点绛唇·还乡

小径斜阳，炊烟摇漾溶天地。鸟声轻碎，风软花如醉。　　泉水出山，犹记山中味。当此际，闲愁暗起，莫遣旁人会。

齐天乐

丽水同学馈我红烧知了，洵美味也，为赋一阕。

十年潜伏终腾达，居然锦衣纱帽。志若凌云，形同饮露，其实林中奸盗。能装会叫。赚临海悲歌，永兴华藻。吸髓剜肤，五更声断欲难饱。　　而今置身网罟，热锅相伺候，真个知了：首尾先除，衣衫尽褫，吩咐红烧清炒。加些作料。渐室内飘香，酒边称妙。缅想高枝，一场春梦杳。

叶志深(青田)

叶志深，笔名宇真，1953年7月生，浙江青田人。浙江农林大学毕业，中共党员。曾任中共丽水市委常委、秘书长、市委政法委书记，丽水市政协常务副主席，丽水市人大常委会常务副主任等。历任中华诗词学会第四届理事，浙江省诗词与楹联学会第六届、第七届副会长，丽水市诗词楹联学会第五届、第六届会长。现为中华诗词学会乡村诗词工作委员会顾问、中国楹联学会会员、浙江省诗词与楹联学会特约研究员、浙江省之江诗社顾问、丽水市诗词楹联学会名誉会长、瓯江诗派研究会首席研究员。个人著有诗集《金生丽水》《中华生态诗三百首》等。2023年2月被中华诗词学会授予“全国优秀学会领导”荣誉称号。

庆元香菇

林茂春常住，源长水自丰。
百山携四海，千载颂三公。

秋游云和梯田

半绕青山半绕天，苍鹰紫燕舞翩跹。
秋歌一曲云田里，翠叠金堆不到边。

仙姑岩

一峰撩起白云飞，幽谷深深日色微。
引得骚人生雅兴，扯条瀑布洗罗衣。

题雪花漈

晴川何处雪花飞？绕壁巡崖映夕晖。
不与淫霾一条道，只同草木共相依。

咏通济堰

田园遗梦已千年，一片清流起瑞烟。
丰歉岂凭天调遣，人间晴雨亦悠然。

游黄龙山

山外雾天山里晴，清风浊气两分明。
黄龙不享龙宫福，留在乡间察世情。

贺美丽丽水全国诗词大赛

旧律新风入万家，墨涂山水韵涂霞。
今朝四海同心咏，多彩多姿是此花。

严塔上俯瞰龙泉城

登临古塔俯身看，半是城区半是峦。
搜遍东瓯无此景，好棋全在一棋盘。

治水有吟

依旧村前那段河，愁云一扫问如何？
置身炎夏清波里，哼起童年曲曲歌。

青田小舟山春景

时绿时黄时酿春，万丘油菜作乡邻。
无须田里闻香气，路上遥看已醉人。

大漈柳杉王

撑开大伞护山村，更以吟情染绿痕。
纵使肉飞何所惧，早将玉骨化乡魂。

九龙口村

耕读还崇武，声名出浙西。
溯源千载古，闻鼓众人齐。
云抱山峰远，鱼游水面低。
过桥溪上月，春色试新题。

生态丽水

半水九山地，风光别有殊。
云轻留远客，鹤舞觅归途。
日照千秋树，舟摇一镜湖。
人居桃谷里，百岁不糊涂。

初秋寨头游

秋临古道行，纵目壮豪情。
村老天犹老，林生云自生。
寻幽随竹影，索句向莺声。
步踏南山后，群峰渐扯平。

夜宿仙都

丹炉烟袅袅，引我到仙城。
霜鬓天难老，秋溪月共明。
星移花未睡，杯暖酒频倾。
黄帝知何处，中宵诗咏生。

陪南城诗社诸诗友大梁山寻诗

峰高留妙境，诗友共相寻。
山外江湖远，史间瓯越吟。
闲云游未定，野雉去无心。
秋色君休问，苍天用意深。

我以诗书来咏乡

沐过朝霞浴夕阳，流珠溅玉数麻桑。
庐前清静三秋短，心底宽容一梦长。
月影摇时松滴翠，雁声落处稻流黄。
金生丽水情无限，我以诗书来咏乡。

题中华生态诗

青山绿水结良媒，独有诗花满树开。
飞笔每生千载梦，踏春频听一声雷。
追超唐宋看新辈，吟诵乾坤选好材。
明月清风齐破立，高峰毕竟出云来。

丽水举办中华生态诗高峰论坛感赋

试看银锄铁臂摇，新篇雅韵尽多娇。
两山萌发千秋梦，四海铺开万里桥。
已践登高拈曙色，更思乘兴弄春潮。
东风又是从头越，偕引诗情到碧霄。

丽水旅游所感

任由山水织情丝，花亦含羞草亦痴。
千里瓯江甘露洒，无边绿谷野风吹。
清泉沾笔书天地，黄鹤腾云话剑瓷。
上万平方公里处，信来一次一相思。

瓯江诗派创建五载有怀

一沿诗路作新游，绿谷青峰雅韵留。
立足浙江牵四海，植根丽水壮三秋。
承唐夙愿随人转，兴派宏图入史讴。
生态之歌谁领唱，风流总是顺潮流。

贺瓯江诗派研究会成立

笔墨无言却有情，瓯江诗路踏歌行。
五湖水色云含白，四季禽音谷应清。
耕野风轻花给力，经冬春过草超萌。
骚人不问征途远，只听新雷第一声。

题凤阳山百山祖自然保护区

和谐共组大家庭，鋆展襟怀峰展屏。
丽水源头垂瀑布，龙泉山顶摘天星。
悬崖松似将军立，幽谷风传虎豹鸣。
最喜清香飘远近，千山皆绕一山青。

庆元廊桥

一座廊桥一朵花，风云难辨正和斜。
天工有道皆追梦，拱木无言且展华。
山里新修高速路，溪边遥认幼时家。
小河倒影星空灿，画意诗情共叠加。

访内冯老区

老区胜迹梦何如，穿越时空访旧庐。
旗举山村成堡垒，土埋忠骨立诗书。
红飞岭外晓星满，翠滴崖巅春日初。
更有群峰青不改，拼将衍水唤游鱼。

访象溪一村

闲云绿树隐新村，难觅农家昨日痕。
幸有中坚成堡垒，方能众志改乾坤。
旧房早作花坛土，老井犹存赤子魂。
耕读千秋留胜事，青山碧水赠儿孙。

登狮山

独峰阔野亮盈眸，半是田园半是楼。
十里镜湖浮落日，无边云树饰清秋。
梅花喜与心花绽，江韵欣同诗韵流。
隔断烟尘真福地，游人能不展歌喉！

古堰画乡

碧溪野鹤伴云楼，占断风光古处州。
长堰增辉呈胜景，老翁遂意荡轻舟。
埠头鱼馆客犹满，世外烟村迹尚留。
放眼收来原始态，谁凭彩笔扫金瓯。

登南明山

山存气象地存泉，街市江楼过眼前。
文脉缠绵穿雾岭，玉阶领翠上云烟。
炽情不待苍岩写，心语堪将绿谷牵。
最是秀湖尘未染，犹能无愧映蓝天。

游万象山栈道

天成万象育英华，绿谷青峰灿若霞。
盛世共圆亲水梦，古城醉赏碧岑花。
洲头画舫连蓬岛，桥畔骚人忆宝槎。
莫道湖边无峻岭，千山深处有龙蛇。

瓯江生态寄意

自古瓯江自在流，千峰万壑画中收。
碧空气爽怡心绪，绿水舟摇豁眼眸。
生态立诗时更进，骚坛崇德愿当酬。
吟风至此冲天起，染满春光又染秋。

瓯江吟

万峰缥缈荡春光，舟载渔歌入夕阳。
树掩村头橙果灿，霞飞山垄稻花香。
满川碧玉翻金浪，四野丹枫起凤凰。
谁育子民千百亿，依然清露湿霓裳。

千峡湖

万峰千峡换新装，渡口烟村势激扬。
僻地花开成锦地，畲乡歌浪接侨乡。
天清飞瀑云端落，波静游船水上航。
四面风光来眼底，谁裁一角到钱塘。

游五大连湖

瓯江载梦展新姿，五大连湖世最奇。
山水多情归胜地，人文佳景入春时。
峰高气爽彤云绕，源远舟轻白鹭低。
最是骚人留恋处，半含清露半含诗。

阮郎归·漫步南明湖畔

瓯江千载领风骚，蜿蜒起浪涛。绿堤烟屿共妖娆，渔歌入碧霄。　　如意阁，紫金桥，新区楼比高。古城今日不胜娇，图开一梦遥。

清平乐·步虚山

鼎湖天造，恰似丹炉貌。试问成仙何处妙？一柱擎天正好。　　多情不在多愁，自尊不在自流。借的仁山智水，留名留韵千秋。

清平乐·草鱼塘

春风拂柳，气爽怡神久。带露池塘凝碧透，水面或舒或皱。　　眼前日逐云飘，无心闲坐听涛。鱼赶新潮向海，鸟寻旧梦还巢。

鹧鸪天·千佛山感赋

谁助骚人游兴长，一千神佛一山装。扬声飞瀑催诗句，叠影远峰列画墙。　　幽径里，小溪旁，赏花惹起满身香。无边绿韵难知尽，莫把时光当月光。

鹧鸪天·登石龙山

曾伴龙吟未废声，乾坤改换举长缨。欣从岭岳呼风起，每向江河踏浪平。　　云淡淡，路横横，欢歌阵阵绕新城。顷将绿野临襟下，源水祖山生万情。

鹧鸪天·别鹤城

远望苍穹一抱拳，难分难舍是青田。已将往事呈飞鹤，又拟前程问杜鹃。　　挥笔墨，靓山川，正当花季布新篇。他年归去衣襟上，只带清风不带钱。

鹧鸪天·松阳吟

一座村庄一画图，田园染彩若明珠。茶融淡雾香犹远，梦逐新潮境自殊。　　山相伴，水相扶，鹤群弄影有还无。铺开锦绣城乡路，唤出晴阳照坦途。

鹧鸪天·白云山夜色

月色凝来万里霜，繁星千点见清光。溪头石溅流泉响，山麓禽鸣秋韵长。　　花浓淡，景微茫，密林深处小南洋。就中多少逍遥客，愿驾轻车醉一场。

鹧鸪天·应星楼

观景曾经在少微，处州史上韵相依。亲山近水寻芳去，落日熔金拾玉归。　　星结伴，月同辉，花园一路正扬威。烟村岸柳凝殊色，万朵红云楼外飞。

鹧鸪天·九龙湿地

锦绣瓯江造乐园，闲云绿树隐烟村。迷离万象藏清韵，妩媚千姿不染尘。　　青草野，碧泉温，苍鸥白鹭育儿孙。原生态里融灵气，骚客采风醉里奔。

水调歌头·瓯江诗派

草木呼风起，曙色映南明。青峰绿谷流韵，逐梦妙章成。谁个春秋抱玉，谁个家园叠翠，谁个唤群莺。一处一风景，一首一心声。　　处州史，山水路，生态情。吟旗高举，从今千里扎诗营。许是文坛有待，题上瓯江凝碧，放胆踏歌行。四季花香溢，四海共征程。

水调歌头·咏丽水大花园

花海皆浮碧，林海蓄春风。处州遍野流韵，幽谷觅仙踪。漫步无霾胜地，久看五湖烟雨，相忆采芙蓉。山秀山栖凤，水丽水游龙。　　寻秘境，延文脉，展新容。蓝图一幅同画，华夏立高峰。日色肩头添重，筑梦豪情充满，浙里话年丰。出彩惊天下，全域共葱茏。

沁园春·贺《瓯江丛韵》首发

一脉诗香，四卷诗书，千位诗人。咏青峰绿谷，红霞紫气；波光闪闪，林木森森。点赞家园，放歌生态，更有画从诗里寻。宏图展，扬两山理念，丽水生金。　　新风旧律长吟，令多少诗魂鉴古今。喜骚坛高唱，涛声汇聚；名篇窈远，佳作弥殷。勇立潮头，直追夙愿，不尽风光待品斟。儒林耀，问瓯江诗派，谁奠初心？

百山祖回望阁联

云矗冷杉，问寰球有几？
迹谈猛虎，知举世无多。

处州府城南广场牌坊联

大水门前，烟柳莺花，一城古韵千秋梦；

少微山外，楼台亭阁，十里春波万象新。

丽水大花园

春色秋光尽染，看左倚百山，右牵千峡，天酬玉镜妍，真乃宜诗宜画；

红情绿意贯穿，喜古传三宝，今拥一城，地馈乡村富，斯为名市名园。

周加祥(遂昌)

周加祥，1954年11月生，浙江遂昌人，现居莲都。中共党员，大专学历。退休前为丽水市政协常委、文史委主任，《丽水文史资料》主编，丽水市南城诗社社长等；现为中华诗词学会会员、中国人民解放军红叶诗社社员、浙江省诗词与楹联学会常务理事、丽水市诗词楹联学会会长、丽水瓯江诗派研究会会长，浙江省政协诗书画社会员、丽水市政协诗书画社会员、丽水市政协第三届文史专员等。诗词作品在《人民日报》（海外版）“中国传统诗词”专刊、《诗国》、《诗词中国》、《中华诗词》、《绿水青山集》、《诗在山程水驿中》等报刊书籍及诗词网站上发表。主编《瓯江论诗》系列、《春色满园》、《丽水生态诗选》等诗论、诗集。

丽阳门[1] 公园晨见

碧池红鲤舞，林里鸟传音。
荷塑穿云里，人勤草木新。

南明湖畔晨跑

花瓣迷蒙沾露开，额头微汗乐心怀。
间闻林鸟练清唱，几抹晨曦递过来。

观九龙湿地萤火虫

夜幕初临闪万星，穿梭绿道小精灵。
来来去去非闲事，乐做人间一盏灯。

北山[2] 镇鸟瞰（通韵）

一湖如镜向天开，四面群峰玉抱怀。
欲问清波何处去，峡湾忽有数舟来。

① 丽阳门：浙江丽水市古城门。
② 北山：浙江省青田县乡镇地名。

毛田[1] 采茶三首

（一）

极目遥观翠意流，手中香茗誉神州。
茶歌绕耳蝶飞舞，启我春心满背篓。

（二）

毛田远近有佳吟，歌颂茶垄始变金。
村外山花朝我笑，何如友爱润诗心？

（三）

春风送雨向山行，蓑笠茶农赫赫英。
手握人间生态梦，心中满载百家情。

香樟水桥[2]

雾气翻腾过水桥，古樟泼绿出新娇。
馨香漫向人间去，传递山川美梦谣。

① 毛田：浙江丽水市莲都区碧湖镇村庄。
② 香樟水桥：丽水古堰画乡景区的一处景点。

念奴娇·斋郎[1]感怀

绿澜红韵，卧龙地，多少英豪留别。浙域西南，今见得、烽火烟村契阔。古木凌空，云涛怒卷，野岭千峰绝。苍岚怀秀，染来英烈精血。　　追忆刘粟[2]当年，率先锋挺进，孤师雄发。领帽生辉，琴瑟[3]起、知是豺狼威灭。故垒寻根，风摇帜比翥，岁丰人悦。黄鹂催梦，向天遥问星月。

读刘基《冬至日泊舟戈溪》抚今追昔有怀

节序又临冬至边，清波暖日两绵绵。
苍山碧水辉金色，诚意[4]丹心著玉篇。
喜看戈溪碑一座，长吟坦屋[5]韵三连。
风骚逐梦新时代，大写人间五彩天。

---

① 斋郎：工农红军挺进师入浙后“关键一战”的遗址。

② 刘粟：红军挺进师政委刘英，师长粟裕。

③ 琴瑟：粟裕将军爱吹口琴，尤其在战役、战斗胜利时。

④ 诚意：刘基封号“诚意伯”。

⑤ 坦屋：青田县戈溪村有“三坦屋”。

内冯听红军故事有寄

两岸青山夹韵流，九门寨里百花酬。
红军窑内红军梦，月界[1]云中月界悠。
清燕[2]凌空风雨急，朱枫复郁敌顽愁。
当年水碓今文物，谷种嫣然意境收。

观南湖宣誓

2021 年 4 月 20 日，丽水市政协机关老党员在嘉兴南湖红船边向党宣誓，众倾力相助，观之有怀。

先贤把舵摘星辰，传裔锤镰动世人。
莫道红船躯体小，担当胜过万吨轮。

参观南湖革命纪念馆有怀

风雷那日狂，烟雨两茫茫。
一帆舟中举，众人心上扬。
推山驱虎豹，销雪润麻桑。
擘画康庄道，雄开万旭光。

---

① 月界：为内冯红军故事中人名，现为地名。
② 清燕：为内冯红军故事中人名，现为地名。

致中印边境卫国英雄

大雪难封万里疆，军徽子夜泛金光。
国门开处添春色，且看珠峰着玉装。

春游九龙湿地

桥曲灯红绿树新，溪洲鹭影踏清粼。
柳间飞笑清风暖，乐得芦蒿挂月轮。

舍得桥

廊桥飞架靓山间，龙脉悠悠过此传。
不舍人生焉可得？餐风饮露铸金篇。

品英川粉皮

粉皮香嫩撩人口，煮炒蒸煎功自牛。
我幸今生逢此道，酸甜咸辣铸春秋。

桃　溪[1]

北斗崖[2]边出树丛，飞岩越岭自从容。
欢歌一路收千水，曲曲弯弯总向东。

① 桃溪：浙江遂昌北部河流。
② 北斗崖：桃溪源头的风景区。

迎春花

岁岁迎春第一枝，驱寒傲雪带金姿。
清香淡淡非闲逸，唤起人间逐梦诗。

雨后观巾山[①]紫荆花

繁英簇簇把春邀，一路芳菲达九霄。
花放留珠珠映日，蝶飞迎客客成潮。
工蜂采去香甜蜜，泉水传来琴瑟谣。
朵朵微红如玉聚，共当风雨共妖娆。

象溪[②]观柿（新韵）

远看通红胜火燃，近观万柿若灯连。
采摘小妹歌声丽，送卖阿哥笑靥甜。
骚客搜诗诗入树，农家寻梦梦归园。
枝头喜色飞眉宇，情愫满箩堆上天。

① 巾山：浙江丽水市城边的山名。
② 象溪：浙江松阳县乡镇地名。

玉兰颂（中华通韵）

高树飞香臬臬天，花前叶后傲春寒。
人言此乃真仙子，吾谓堪称碧玉冠。
意态催诗难落笔，年华带梦易扬鞭。
随风戏雪呼新绿，笑让红梅一步先。

“华东天路”① 行

如龙腾跃伴云华，曲曲弯弯绕险崖。
纵越青峰峰得梦，横穿碧水水生花。
当年牵手红旗动，今日开怀游客夸。
赤色基因挥绿意，诗吟天道韵流霞。

① “华东天路”是指从遂昌革命老区门阵村至遂昌县城约100公里路段，是粟裕将军当年率领的红军挺进师部队常走的一条山路。在粟戎生将军的关心下，该路自2015年11月建成通车后，成为华东地区不可多得的高海拔、多急弯、五线错层、多云雾盘山公路，在华东地区难得一见，故被称之为“华东天路”，也被称为“胜利路”“粟裕路”。笔者于2020年10月2日与诸兄弟自驾前往瞻仰门阵谈判旧址。

游百山祖国家公园

山妆水唱欲催开，时代新呼各竞台。
昔日林深君少至，今朝绿韵客常来。
三株冷树惊天地，一虎消声看喜哀。
满目金山谁送至？殷殷晓日不须猜。

诗友蓝仙珠新堂做客

今至友新堂，飘飘肴酒香。
门前花煜煜，庐内乐洋洋。
歌舞迎来客，闲聊话自长。
别时犹嘱咐，憩日共吟觞。

春雨中过万象山栈道

好雨催花发，心晴路不阴。
风呼携笑语，芽露启诗心。
有雾观山远，无波晓水深。
春潮歌正盛，好梦不须斟。

高演[1] 村

山路凌空去，云烟绕碧台。
杜鹃红似火，篁竹绿成财。
宝地连三界，韵情通九垓。
春风追美梦，十贡九生来[2]。

淤弓[3] 楼台远眺

古木楼台修竹依，关山叠梦吐新奇。
车行骑马崖[4]前路，鸟宿流云壁上枝。
桥下清川鸣礼乐，园间阿妹拍娇姿。
桃源仙境当真有，身在其中浑不知。

庚子清明日国家公祭

青山同肃穆，绿水共哀思。
汽笛呼全宇，长风猎半旗。
苍生襟上泪，英烈世间碑。
人锁新妖日，天飞捷报时！

---

① 高演：浙江省景宁畲族自治县梧桐镇行政村，是浙江省省级历史文化古村落。

② 十贡九生来：有九名考生去参加会试，回来时却有十名贡生，意为考生之外，一名挑夫也考上了。

③ 淤弓：浙江遂昌县行政村，笔者家乡。

④ 骑马崖：淤弓村对面山脊形似马鞍的石崖。

鼎湖峰

耸立溪边远近闻，峰巅铸炼[①]一湖殷。
随风不尽生层浪[②]，日纳青天夜起云。

忆春游堰头

春含笑靥靠花媒，悠荡轻舟老伴陪。
柳下鸳鸯双自对，江涛起伏更相偎。

松阳问茶有怀

蟾峰[③]伫立目巡游，翠色如龙竞不休。
山下春歌音邈邈，釜中茶水意悠悠。
闻香已觉添甘露，入药当寻留苦喉。
从古茗思唯陆圣[④]，当今㳇梦重松州。

① 铸炼：相传黄帝在此铸鼎炼丹，事成驾龙升天。
② 层浪：意出白居易“有时风激鼎湖浪，散作晴天雨水来。”
③ 蟾峰：松阳县山峰。
④ 陆圣：茶圣陆羽。

贺“浙江丽水市中华生态诗高峰论坛”列入2021年中华诗词十大新闻内容

（中华通韵）

旌旗猎猎韵萧萧，丽水青山意境骄。
昨日铺开生态梦，今言诗道领风骚。

复游白云山七绝一组并序

白云山，丽水城北风景山，海拔1073米，最高点太山峰，孤峰突兀，为白云山森林公园第一高峰。南面有丽阳峡谷，全长约6公里，谷涧与谷脊平均相对高差约500米，此为景区最大地貌特点，更是直通公园南北的“风景走廊”。2021年12月22日，笔者驱车与妻从中山街翻山越岭经仙度、雅溪返回丽水城。有感于沿途风土人情，作七绝一组，记之。

登白云峰

今朝又上白云峰，试驾新车绕绿丛。
清气穿窗明肺腑，层林染目恋葱茏。

陈寮[①]新事

山村如画炊烟尽，红豆催诗情境融。
一片青油无限阔，松涛漫卷接天风。

---

① 陈寮：莲都区白云山深处行政村。

红豆杉颂

翠绿之间点点红，深山坞内展殊容。
虽言此豆非同豆，骨里相思一样浓。

云中民宿

峰下停车问老人，林间指路笑如亲。
深山云里逢民宿，米酒香茶若有神。

民宿闻趣

家禽千百育林中，野鸟悠然蹭大篷。
吃住不愁无去意，同鸡合唱太阳红。

山顶远眺

先车后步上青峰，越谷翻岗气韵浓。
水尽山穷凌盛雾，登巅脚下白云重。

山村别墅

路舞长龙弯急旋，山村点缀翠红前。
脊明谷暗林荫墅，郁郁风光四海连。

途观黄梅

金冠煜煜立枝头，无叶相陪意自酬。
傲笑寒冰亲玉雪，芬芳默默共云浮。

鹧鸪天·丽水城西山无名凉亭小憩

（依钦韵）

围转峰亭未见名。静观溪口一桥横。耳闻隐鸟欢心唱，眸掠轻舟破浪行。　　凭栏柱，忆莲城[1]，拾阶步步接乡情。秋光刮目风骚起，何问无名或有名？

鹧鸪天·琼台仙谷

峭壁凌空柱九天，清流峡谷见龙渊。飞崖栈道穿云外，戏水天鹅逐浪间。　　逢道济，遇诗仙，沾来神气意悠闲。共挥时代英雄笔，卷起钱塘运巨篇。

鹧鸪天·白云山踏春

三月桃花正盛开，红肥绿瘦梦中来。诗翁迈步春云路，林鸟欢歌涧水台。　　原生态，洗心怀，空山灵秀净无埃。人天意境相融处，一路金银到九垓。

① 莲城：丽水城的别称。

破阵子·庚子初战疫

已是梅红待雪，正期龙舞邀朋。却遇瘟君掀恶浪，奋起神州战孽行。全民手握缨。　　万里驰援风快，千军令动天惊。白褂领衔担使命，赤帜当先扫疫情。坦然对死生。

一剪梅·赞医疗队凯旋

人至年关情自华。欲伴高堂，游历天涯。忽闻战疫控春门，为了私家，为了公家。　　破雾穿云心有霞。天使临危，勇捉妖邪。杜鹃飞报去冰封，川里开花，心里生花。

春光好·过南明山①（依钦韵格一）

枫飞叶，果留香，靓瓯江。群雁凌空气韵扬，客游忙。　　瞭望楼高云外，收眸水净湖光。且把南明当壁画，共天长。

---

① 南明山：丽水城边风景山。

鹧鸪天·丽水园丁（依钦谱）

四季清风把客留，成荫草木鸟归休。千峰竞秀油油色，万水欢歌澮澮流。　两山梦，意方遒。直追云海驾新舟。红心染得芳林绿，汗水浇花花更稠。

西江月·畲乡新村[1] 印象

碧水青峰村外，鲜花奋力攀墙。金黄稻黍正飘香，家挂伟人巨像。　路转梯田向上，园林鸟浴秋阳。鲤鱼摆尾泛金光，时代心歌劲唱。

起步2022（自由诗）

带上心头的辉光
迎接人间的雨霜
无论是春风十里，墨柳依依
还是红叶悠然，雪舞疏狂
让我与你，手牵手
向着太阳，向着梦想，向着荣光
让快乐在风云里，飞翔飞翔
在飞翔中，用心去丈量
丈量……那个梦境，那片芬芳

---

① 新村：原名乌饭恰，现为浙江省景宁畲族自治县行政村名。

虞克有(莲都)

虞克有，1956年7月生，浙江省丽水市莲都区人，高中毕业。中华诗词学会会员、中国楹联学会会员、浙江省诗词与楹联学会理事、丽水市诗词楹联学会常务副会长、莲城诗词学会会长，《丽水诗坛》《诗·瓯江》《丽水诗词微刊》主编。著有《虞克有诗词集》《格律诗入门》，主编《丽水文学档案诗词卷》《通济堰古今诗词楹联集》《莲都环保诗词集》《诗咏文化礼堂》《红韵春声》等，有楹联作品数十副在风景区镌刻。

2007年重阳白云山登高

瓯江东去雁南飞，采句扶云上翠微。
暂避喧嚣观日出，还携韵味乘风归。
已从平野知秋意，更向青峰沐夕辉。
一缕情丝红叶系，何曾顾得汗沾衣。

松阳黄家大院

错落高低白粉墙，神工雕刻印沧桑。
一张烟叶兴家梦，百寿厅堂闻德芳。
竹菊构思藏傲骨，梅兰风格拥清香。
前朝旧匾依然挂，留与游人评短长。

美丽丽水

积翠千山遍岭金，瓯江穿壑奏清音。
菇香田野畲歌袅，风软池塘荷韵吟。
春在杏花枝上见，福从百姓屋前临。
犹闻叶底莺声赞，绿谷风光胜桂林。

登丽水白云山望远

四面山围恰似莲，一江瓯水九城连。
牡丹亭里汤公梦，红杏墙前妙句怜。
瓷剑光辉千载耀，石雕神韵五洲传。
我裁云彩当宣纸，纵写处州璀璨篇。

仙宫度假村晓作

川起闲云笼古樟，晓星问候岸流香。
人沉宁静能明志，水到疯狂可发光。
绿掩鸟音蝉啭急，风摇花影蝶飞忙。
心怡最是亭前立，静听溪声读韵长。

处州府城

绿掩亭台花引径，粉墙黛瓦倚江滨。
一城春色千秋梦，十里波光万象新。
水碧池中鱼影乐，柳荫深处鸟音亲。
小桥横在门前铺，难数穿梭多少人。

南　园

竹锁门庭云锁廊，小亭绿掩紫藤长。
蝉鸣断续添幽静，蝶舞高低探淡香。
绮阁堂中尊孔圣，黄鹂声里忆秦郎。
倚栏凝望瓯江水，一缕诗情系故乡。

南园之二

园在烟霞半岭中，曲廊幽静掩葱茏。
池中水映婆娑竹，亭外石扶苍翠松。
蝉抱枝头频唱韵，鸟藏叶底偶呼风。
秦郎不晓今何去，剩有诗香与旧同。

百山祖

山如宝剑刺云中，势压江南十万峰。
碧海松涛呼正气，晴天瀑布震长空。
冷杉枝杪腾红日，翠壑烟间贯彩虹。
最是清纯山涧水，处州润得绿葱茏。

庚子中秋

岸柳摇风时起鸥，一湖秋水漾温柔。
山前明镜浮圆月，堤外微波荡小舟。
夜静灯明古城岛，茗香烟袅应星楼。
窗含渔火燃诗绪，逐走心头那缕愁。

应星楼品茗

柳岸高楼辉应星，芳堤火树映波明。
窗含古塔湖烟淡，人得凉风心境清。
水卧长虹灯火耀，杯浮海月茗香萦。
倚栏方觉回廊静，远处偏传弄笛声。

应星楼上赏月

星楼檐翘挂冰轮，一缕香风夹月痕。
额上三弦弹岁月，掌中五指握乾坤。
沉浮清茗人生品，断续蝉声诗意存。
渔火依然湖上闪，乡愁常绕记慈恩。

山乡秋色

一声雁叫桂芳浓，万岫斑斓岚霭蒙。
篱菊摇黄呈傲骨，池波弄碧映青峰。
稻香飘处歌声袅，蛙鼓敲时竹影笼。
最恋村前枫树岭，夕阳辉映火般红。

菊　花

独吐心声晚节芳，篱旁灿烂耀秋光。
着霜叶绿三分白，沾露花明一片黄。
长向乾坤留正气，敢将心火化清凉。
位卑傲骨依然在，赢得文人笔下香。

瓯　江

未出深山志在东，悬崖飞落向前冲。
重峦难阻奔腾势，翠涧犹存狂卷踪。
心蕴甘甜滋两岸，身怀明净拥千峰。
情深赢得人间赞，长抱红阳入梦中。

防洪堤探梅

腊月寒天有暖晴，红云一片岸堤横。
清香已醉寻诗客，嫩蕊犹张傲骨情。
寂寞何须招冷蝶，繁华应是见黄莺。
若能约得群芳到，不负平生作抗争。

春日大洋河

日暖波柔湖水清，桥如弯月绿中横。
遥闻娇柳莺声沔，喜见青丛花影明。
彩蝶偷香藏玉蕊，红鱼弄泡悦心情。
春风不懂尘间事，吹得闲人白发生。

少微山

处士星垂江岸峰，千年故事白云封。
苔岩犹印仙人迹，观址曾留道士踪。
孤独石眉藏野岭，闻名丹井掩苍松。
掀篷名室今何在，唯有莺啼韵味浓。

追和（元）何宗姚《掀篷室》

闻说室曾依石前，篷掀便可见晴川。
寻踪松底藏遗址，回首矶头泊小船。
丛竹云根生嫩笋，断崖林鸟啭春天。
鬓霜莫怨东风少，剩有诗情云岭边。

寿元湖

阳光灿烂沐花明，绿柳丝摇湖水平。
波映曲桥鱼摆尾，香浮幽径蝶谈情。
天鹅约伴缠绵影，林鸟啼春婉转声。
最是开心忙拾句，可将诗债一还清。

做客畲韵园

焕彩门前竹影明，后庭绿掩啭黄莺。
仙人掌上花初绽，杨柳枝头叶已萌。
臼捣麻糍飞热汗，壶添米酒煮深情。
开心一曲畲家调，醉得吟朋意境生。

荷塘月色

疑是荷塘仙子逢，娇姿辉沐半朦胧。
蝉弦未歇青盘叠，蛙鼓犹敲花影重。
身透清香能醉月，衣萦正气可成风。
相辞无语频回首，一缕相思脑海中。

晓霁南明湖

晓霁家山霞满天，水光辉沐十分妍。
耳闻柳上蝉声脆，鹭点湖中波影圆。
凝目轻舟犁雪浪，隔亭花语送芳烟。
人生若到无求后，敲韵提壶半是仙。

山村秋日

雁叫长空天转凉，荷塘花歇叶犹张。
古樟树下传蝉语，新屋门前闻稻香。
不望晴云笼岭色，偏怜篱菊闹秋光。
夕阳躲在亭檐后，偷听村翁说短长。

秋日白云山

绿荫藤下听泉流，枝上蝉鸣幽壑秋。
万树岚蒙青鸟啭，半峰翠掩白云浮。
几张黄叶孤亭落，一簇菊花双蝶留。
最是松风知客意，轻轻吹走那丝愁。

富岭山根村

烟雨连绵情意长，无声润物嫩芽张。
窗前松傲浮云影，岭外花开闻霭香。
翠涧泉流敲绿韵，林莺语啭赞春光。
探芳乘兴登高望，陶醉仍然油菜黄。

富岭胡村水库

一池春水绿，日暖淡烟萦。
柳嫩莺声脆，波平云影明。
只因花有语，莫笑蝶多情。
俗念风吹散，自然心境清。

荷塘青蛙

炎天草岸藏，踞守护荷塘。
叶底求凉韵，花前识淡香。
捉虫身勇敢，敲鼓势轩昂。
试水惊幽静，唯将正气扬。

鹧鸪天·缙云双龙村梨花节

村外梨园舞彩云，引来花径客纷纷。才开素色三山染，已把春光一半分。　　泉韵荡，雪香熏。林莺向我讨吟文。一枝摘下犹含露，滴在诗笺万里芬。

行香子·梨花

日照梨乡，不负春光。看枝头，玉蕊初张。露沾花瓣，风抚流芳。惹莺儿跃，人儿乐，蝶儿忙。　　清纯淡雅，洁白端庄。似含羞，寂寞何妨。可怜玉貌，一见难忘。叹李输神，月输色，雪输香。

采桑子·莲都港口村

一溪绿透温柔水，时吻青堤。古树村围，白鹭悠闲绕客飞。　　桥横碧玉浮云影，竹筏轻移。心起涟漪，漾着清波都是诗。

鹧鸪天·叶坪头赏菊

岭上黄花接碧天，流香吐萼蝶翩跹。蜂怜枝瘦偷香急，鸟见人多啼语喧。　　花灿烂，客流连。村姑浅笑酒窝圆。乡农致富何为本，尽是轩皇秋菊缘。

浣溪沙·处州府城

门向南开兆吉祥，粉墙黛瓦绿中藏。灯笼影动桂风香。　　五里长街生古韵，一帘笑语醉秋光。绮门店主数钱忙。

卜算子·咏玫瑰

日暖晓风轻，鸟乐鸣深树。一片青丛锦缎铺，红紫清香吐。　　沾露蕊含情，蝶恋频相顾。几瓣愁红飘落时，暗怨佳期误。

临江仙·拱宸桥遐想（白香词谱）

岸柳丝摇婀娜影，绿中莺语频传。拱桥石叠孔三圆。轻盈河水碧，玉带北南连。　　遥望千城穿一线，二三鹭点清涟。帆樯唯见夕阳悬。乡愁多少缕，都在橹声间。

浣溪沙·大水门古埠头

难忘当年古埠头，行人候渡久停留。江空追逐二三鸥。　　洗菜声招鱼戏水，浣姑手划水波柔。开心最是独垂钩。

鹊桥仙·七夕

云涛掀恨，星光露怨。浩瀚银河遥度。鹊桥一搭又相逢，泪频滴，相思倾诉。　　深情似海，期望如梦。初月当船横渡。从今相见有何愁。再也不，牵肠别苦。

浣溪沙·利山村

村立迎宾连理樟，粉墙黛瓦半环塘。万千荷闹瓣初张。　　摇扇青盘栖白鹭，开心黄蝶恋清香。牧童横笛韵悠扬。

浪淘沙·少微山

攀上少微峰，疑在云中。古人曾在此掀篷。远望晴川江似带，帆影重重。　　丹井已尘封，石印仙踪。犹留观址没青丛。欲问风流何处觅，静听松风。

菩萨蛮·寿元湖

一湖碧透晶莹水，引来多少游人醉。岸柳绿丝柔，花娇香暗浮。　　蝶亲蝉草蕊，鹭点波圈起。桥沐夕阳红，情沉思绪中。

清平乐·初夏大洋河

绿红映水，鱼吐波圈起。岸草流香风吻醉，树掩鹭闲拍翅。　　翠盖珠滚摇青，荷苞久立蜻蜓。蛙鼓声添幽静，蝶捎花语牵情。

少年游·下仓赏荷（晏殊体）

村前圆叶满池塘，烟淡鹭低翔。蝶纷探蕊，蛙藏敲鼓，红影散清香。　　风来疑是琴声起，荷韵醉心房。羞掩娇姿，相思一缕，欲诉又何妨。

少年游·利山赏荷（晏殊体）

烟纱欲掩野塘馨，日暖晓风清。凌波仙子，绿裙粉影，优雅态轻盈。　　娇容沾着相思泪，谁与诉衷情。蝴蝶慰心，蜜蜂甜语，难以改坚贞。

少年游·富岭赏荷（晏殊体）

轻摇绿伞掩娇容，沾玉两腮红。带羞照水，端庄倩影，香透约清风。　　翠烟深处寻芳蝶，欲识问西东。身出贫寒，一怀贞洁，宁守碧塘中。

浣溪沙・诗友万象山栈道拾句

穿绿听蝉觅韵忙，树荫底下水流芳。游鱼自在鸟声长。　　问径分风犹觉热，倚亭沉静也生凉。拾来新句带清香。

鹧鸪天・莲都松坑口访友

绿掩廊桥村口横，小溪流碧壑风轻。水从石上飞清韵，竹向波中递友情。　　追蝶影，听蝉声。野花香气入门庭。主人好客频斟酒，醉得油然诗兴生。

浣溪沙・千峡湖

碧水盈盈围翠屏，天桥一座半云横。二三白鹭逐船行。　　游艇犁波翻雪浪，畲姑唱曲抒心声。歌逢美妙惹诗情。

卜算子・南明山漉雪亭

石级著青苔，野菊清香吐。竹外林深掩古亭，怜客莺娇语。　　仰望断崖前，晴洒千秋雨。洗净忧愁泉自吟，尚有通幽路。

鹧鸪天·重阳登万象山

拾级扶云上翠峰，知心还是那松风。莺花亭读千秋岁，烟雨楼寻一萼红。　　岚袅袅，树重重。山阴菊拥二三丛。凭栏凝望清江渺，人老无求品自崇。

鹧鸪天·白云山雪霁

雪霁山峦无处青，树悬冰剑透晶莹。半峰岚气寒侵骨，万朵琼花洁醉情。　　松鼠跃，涧泉鸣。偶传鸟啭两三声。一团云影枝头落，拾入诗中意境生。

蓝贤寿(遂昌)

蓝贤寿，1946年生，畲族，浙江遂昌人。1964年参军，1970年2月退伍。曾任湖山乡党委书记兼金竹区委副书记，大柘镇党委书记，金竹区委副书记、区长，县人大常委会委员、代表工委主任等职。退休后任浙江省诗词与楹联学会理事、遂昌县诗词楹联学会会长，主编《遂昌县人大志》、《遂昌诗词》(年刊)、《遂昌楹联集成》、《当代诗人咏遂昌》等。现为丽水市诗词楹联学会副会长、遂昌县诗词楹联学会名誉会长、顾问。诗词作品在《中华诗词》《诗国》《诗词中国》《绿水青山集》等诗刊、诗集发表。

庆祝中国共产党成立一百周年

红船引领光明路，扭转乾坤正气扬。
不忘初心担使命，破冰斩浪创辉煌。

喜迎二十大

十月金秋硕果香，天南海北凯歌扬。
高才荟萃宏图绘，盛世中华万古长。

步韵周文彰会长新年贺诗

玉兔临凡旧岁除，神州大地展宏图。
乡村巨变农家富，摆酒邀朋醉几壶。

中国遂昌汤显祖文化节感赋

万人齐唱寄深情，最忆当年昆曲声。
旷古绝伦惊四海，吉尼斯上永留名。

贺浙江省诗联学会第八届会员代表大会召开

四条诗路重担当，诗画浙江传八方。
砥砺前行新跨越，齐心勠力铸辉煌。

贺第三届丽水市山水诗路暨生态诗高峰论坛

人才荟萃聚莲城，山水齐歌诗路情。
喜结神州儒雅客，瓯涛云涌乐争鸣。

参加第二届中华诗人节有感

四海吟朋聚一堂，同商国粹再弘扬。
千秋吕律为舟楫，领略风骚赴远航。

西畈乡与版画

版画之乡功底深，娃娃抓起故乡心。
今朝付出孩儿力，明日迎来万桶金。

咏长濂

黛瓦银墙本色存，山清水秀养生源。
村庄整洁呈新貌，彰显文明美乐园。

访高坪乡

梳妆简朴上高坪，别有风光养性情。
竹海扬波存旧影，瑞香花绽发新程。
农家乐里三江会，蔬菜园中万象呈。
靓女何愁居僻地，而今载誉到京城。

遂昌高山杜鹃林

万亩杜鹃绽碧巅，红欢紫笑远尘烟。
迎来游客垂青眼，春入桃园别有天。

贺遂昌县荣获“中华诗词之乡”称号

弘扬国粹路何长，薪火相传振遂昌。
不忘初心磨砺志，从头迈步再争光。

兔年元宵节

千家万户煮汤圆，世代延绵永续传。
绚丽花灯求吉庆，恭迎癸卯大丰年。

题遂昌治水

疏浚清淤河道绿，三溪水碧映山青。
为民善政千秋颂，功德无边万载铭。

忆儿时母亲挑灯缝补衣裳

桐油灯下一丝光，指捏钢针补破装。
为了儿能穿得暖，日忙夜继已时常。

遂昌高坪农家乐

土房辞旧变琼楼，生态自然环境优。
喜迓八方求健客，无边风景解烦忧。

春游姚岭村

弯弯曲曲上山巅，一望无边叠嶂连。
老屋新姿传古韵，农村处处是春天。

遂昌南尖岩景区

林海茫茫天外天，梯田映日上云巅。
峰峦相对苍烟里，涧水争流古木前。

好川村

漫步廊桥上，清风扑面来。
村中溪水碧，花树傍琴台。

观北京冬奥会开幕式有感

总导艺谋情激昂，全新创意彩飞扬。
你无我有环球亮，四海同歌奥运昌。

霜降感吟

登高远眺识初霜，秋菊繁花到处香。
赏尽千山红叶景，迎冬也觉有春光。

贺神舟十三号航天员凯旋

肩担重任上苍穹，星际遨游建茂功。
科技创新扬国是，中华追梦大英雄。

大雪时节忆小时玩雪

天气严寒无畏惧，我追你赶比谁强。
雪人堆起高三丈，一见阳光尽泡汤。

三溪口公园

双峰塔下波光耀，三面连溪白鹭临。
绿草坪中孩耍闹，悠游道上客如林。

中秋回乡

秋高气爽返家乡，稻菽金黄阵阵香。
菊桂争妍迎好运，今宵望月动诗肠。

南明山

宝山古韵藏，翰墨历沧桑。
引得游人莅，处州天下扬。

万象山

倚江而立景无边，山径迂回出碧泉。
靓丽风光观不尽，迷人难舍意情连。

南明湖

一湖碧水荡清波，秀丽风光诗意多。
空气清新能健体，迎来游客似穿梭。

三伏天环卫工人

酷暑炎炎我自然，汗流如水冒青烟。
若无环卫工人苦，哪有全城欢乐天。

悼遂昌籍救火烈士毛景荣

人民至上记心中，血性男儿为国雄。
火海浓烟无畏惧，精神不朽贯长虹。

猕猴巡田

成群结队下山庄，做客田园觅食粮。
抓耳挠腮随意闹，狂疯乱跳赏风光。

辛丑班春

勤耕巧作谚深知，岁岁班春诵训词。
今日班春新意入，乡村已是振兴时。

辛丑清明致敬卫国戍边烈士

祖国尊严赤胆情，边陲守护见精英。
忠臣流尽丹青血，万古千秋不忘名。

汤沐园森林温泉

参天古木占天时，梦里瑶池醉里诗。
洗却心中烦恼事，嫣然一笑乐滋滋。

遂昌重建启明楼感赋

鲤鱼山上最高楼，古邑新城一望收。
今日传承先祖志，汤公遗爱惠千秋。

遂昌黑陶

高超技艺祖先传，璀璨明珠启后贤。
作客他乡千里共，漂洋过海结良缘。

南溪景观

眠牛山下展新姿，草木争荣花满枝。
漫步溪边人忘老，谈今说古论诗词。

遂昌石练昆曲十番

汤公主政古平昌，昆曲十番开史章。
老叟黄童皆唱演，民间文化久传芳。

教师节感吟

讲台三尺一生荣，执教为民两袖清。
桃李满园松柏翠，神州强盛赞精英。

京杭大运河

前人造就恢宏业，南北通漕日月长。
大国雄心谁可比，安澜万里亮风光。

治岭头村口古樟

村边护卫始无终，佑我黎民几世功。
历尽千辛和万苦，傲然挺立画屏中。

遂昌生态公益林

昔日花销凭砍树，如今稳发碧山财。
神州润泽年年赐，得惠林农笑口开。

中共遂昌县一大会议旧址

三县相连闽浙边，坳头童宅聚先贤。
耕云播雨开基业，伏虎擒龙创古先。
高举旌旗除旧恶，齐呼泥腿造新天。
今朝重仰光辉地，义胆忠肝奕世传。

班春劝农

今朝致祭古名贤，来效汤公重稼篇。
县长鞭牛犁北漠，田家播种领春鞭。
承前善政庶黎裕，启迪勤耕岁月绵。
若问世间何事重，民为国本食为天。

赞遂昌籍救火英雄尹智慧

有志从戎卫戍关，赤诚一片献人寰。
为民沥胆岂甘后，临险挺腰犹不弯。
火海烟霾无所惧，舍生忘死勇争先。
丹心铁骨忠魂在，千古功名铸世间。

宏象畲村新貌

脏乱已无痕迹见，村庄面貌亮新装。
门前路道鲜花绽，屋后青山翠竹扬。
垃圾按时分类放，卫生清扫有明章。
齐心协力和谐建，畲汉同胞共富康。

千峡湖

一湖山色浪花浮，满峡春潮景况稠。
倒影澄澄屏上画，晴光历历水中鸥。
风添逸韵飘红袖，泉涌诗情入翠楼。
今有贤良挥大笔，惠民事业利千秋。

咏东峰畲族村

园林翠竹山川秀，畲汉同胞志向同。
户外花红皆锦绣，阶前草绿共葱茏。
田间劳作茶当酒，坐上歌吟烛映红。
时过境迁民致富，高楼玉宇笑谈中。

北双调·风入松·忆汤显祖

街边小弄舞新风，古邑忆汤公。廉明了清正常（在）心（中）记，劝农耕，（兴）教出奇功。秀水青山仙县，良工意托诗中。

北中吕·喜春来·山区盛夏

阳光灼灼如烹煎，树下阴凉不见天，潺潺溪水起云烟。乐在这边，生态（宜人）好悠然。

李伟平(云和)

李伟平，1960年7月生，浙江云和人，现居莲都。中共党员，本科学历、高级政工师职称。退休前曾任中国农业银行丽水分行工会副主席、企业法律顾问等职，现为丽水市银保调委驻莲都区人民法院调解员。系中华诗词学会、浙江省诗词与楹联学会会员，丽水市诗词楹联学会副会长兼秘书长，诗词作品散见于中华诗词学会网站与《诗国》《诗词中国》《华侨快报》等国内外诗词网站、刊物，曾任《瓯江论诗》(第1辑)副主编。

丽水市创建国家级文明城市测评日

蓝天红叶新，丽水绿波纯。
街上无烟蒂，邻居胜近亲。

重阳节丽水朗读团走进大港头文化礼堂

枫枝映水明，秋色绕山行。
朗朗豪吟兴，声声尽是情。

题缙云大洋漕头凌霄石

寨背青峰抱，村深白练横。
金元磐石立，神技令人惊。

黄村水库

高峡烟云起，青山野鹭飞。
清空诗梦境，闲客竟忘归。

城市环卫工

手持长竹帚，扫去世间尘。
城市妍容貌，橘衣劳苦人。

首次参加丽水仲裁员培训

碗水心中揣，庭堂毫末明。
纷争依契约，裁定不言更。

观看电视剧《春风又绿江南岸》（通韵）

逶迤一脉水，迢递万重山。
螃蟹横行道，虾龙逆溢奸。
冬雷[1]惊暗浪，春梦拂清岚。
再看江南岸，目极红绿兰。

题丽水景宁民族工业区（顶真诗）三首

（一）

大梁山北丽，丽景最新奇。
奇在畲飞地[2]，地平犹忆谁？

① 螃蟹、虾龙：分别指剧中污染环境的外号大螃蟹与皮业公司董事长阿龙，冬雷指剧中严东雷县委书记。

② 飞地：即在莲都区域内有一块地是属景宁县畲族自治县，当地人称为“飞地”。

（二）

小王[①]真俊秀，秀爽鹤溪留。
留恋畲乡妹，妹夫频点头。

（三）

原装纯净水，水舀得瓯江。
江汇瓶中水[②]，水清世难双。

祝贺党的二十大胜利召开

金秋十月胜阳春，欢跃神州时代新。
携手同心再追梦，吟怀拥护领航人。

贺神舟十四凯旋

火箭升空默佑求，巡航半载我心揪。
返舱稳转平安着，惭愧无知竟瞎愁。

贺中国“嫦娥五号”探月回归（通韵）

远古姮娥奔向天，丹心怀故万余年。
而今“嫦五”闲来往，满载而归谢月仙。

---

① 小王：即王力宏，其人曾为娃哈哈形象代言人。
② 娃哈哈生产线迁至景宁工业园生产，现取于瓯江水而作。

悼中印边境英烈（通韵）

昆仑万仞守边陲，钢铁血融孰可催。
今世乾坤多静好，英雄魂戍日同晖。

莲都区社会矛盾调处化解中心（通韵）

临街店面换新标，开卷门庭接诉调。
争辩双方我圆场，协商余兴赞枫桥[①]。

步韵中华诗词学会周文彰会长《丽水金山》

一江瓯水两山金，踏遍青峰红色寻。
不忘先贤抛骨碎，吟怀血染映霜林。

贺浙江省诗联学会第八次会员代表大会召开

冬月梅花融雪晴，钱江两岸鼓槌鸣。
诗情满载航程启，一路初心不变更。

---

① 枫桥系诸暨枫桥镇“小事不出村，大事不出镇，矛盾不上交”的枫桥经验。

贺第二届丽水市山水诗路暨瓯江诗派研讨活动成功举行

莲城满溢桂花香，四海宾朋挤一堂。
绿水青山如画美，瓯江意境胜春光。

处州秘境（通韵）

百山云海眉峰细，瓯水溪桥眼线匀。
康乐诗囊遗韵少，今来游客总销魂。

春游遂昌汤山头村（通韵）

风和日暖燕争泥，山嶂村幽草起滴。
红豆杉巍遮古舍，花香泉韵沁心脾。

遂昌农行职工之家

你我安家在农行，下班离柜饭肴香。
今来不喝汤公酒，就赛单车谁最狂。

秋游青田小舟山（通韵）

远岫崇林涧泉曲，岚烟空色垄田迂。
时值满目金菊傲，水稻中央戏鲤鱼。

赴内冯村授牌“中华诗词楹联创作基地”

江清岸绿映车移，峡迴林深藏景奇。
有以高湖九门寨，远尘岩岫尽成诗。

丽水市鱼跃酿造食品有限公司百年志庆（通韵）

西园庙弄创德生，历尽沧桑喜业兴。
只有酿坛初愿在，鱼潜跃浪百年行。

与兄参加丽水市老干部“党建春联”进万家活动

（一）

楹联幅幅各清妍，雅韵两山同梦牵。
不敢蟾宫争折桂，只求字字出心田。

（二）

府楼厅宇展春联，翰墨初心诗意连。
驻足旁观兄弟对，行间字里每拳拳。

云和凤凰山晨读（通韵）

谷邃风凉鸟语频，连冈秀岭翠竹林。
湖光晴日云亭映，流水青山听我吟。

云和碗窑岭脚村甜橘柚

繁叶连枝满山岗，金丸三寸碰鼻香。
纯甜可口名天下，再世贵妃争品尝。

云和梯田

清香稻穗埂千层，翠竹丛深山鹧譍[①]。
远看日红云海近，神怡心静似仙升。

秋游景宁云中大漈

道曲山高过顶岗，风吹稻菽扑清香。
天边云薄南窗下，梦里雪乡心沁凉。

老雀新语

日薄西山独自归，投栖巢穴仰天晖。
后知鸿鹄凌云志，也向苍穹鼓翼飞。

① 譍：答言，以言对问也。

游丽水缙云姓潘村

桃李颜开春水绿，心悠闲览姓潘村。
溪边遮柳枝头闹，埠岸搓衣浣女喧。
黄楝树前名士路，锁星桥畔富民门。
沿街石径通郊陌，犹见谢公留屐痕。

游南明山

亭楼掩映绮霞中，百丈悬梁横向空。
岩勒名人香墨淡，池浮澹月玉泉融。
巅崖石上三灵井，云阁山头四角弓。
遥控飞机[1]瞰全景，环旋隐见小仙翁[2]。

赏南明花海

曲径通幽空谷湾，莺啼雨霁鹭鸥闲。
金狮驻守云岩口，白象酣眠林樾间。
小格桑花花彩艳，大梁渠水水淙潺。
身边言笑无闻得，正梦陶公采菊还。

① 飞机：无人飞机。
② 小仙翁：世称东晋葛洪为小仙翁。

中山公园赏丽水宋韵菊花展

金菊新妆盆景奇，争妍竞秀满园枝。
柴扉红杏绍翁扣，牛角旌旗弃疾吹。
摇扇点茶无俗客，插花挂画有名师。
东坡对月倾壶酒，难得遗篇念宋词。

莲都松坑圩行

流云野色少尘埃，知己相邀兴致来。
车驻巉崖观白练，人行斜径踏苍苔。
葱葱毛竹逍遥舞，簇簇山花任意栽。
更上高峰临绝顶，处州胜景画图开。

青林荷塘夜景

晚来雨过出东城，徐步青林绿草坪。
桃叶依依阑槛拂，芙蕖飒飒水塘擎。
月移高柳云行影，风递幽香露滴晶。
亦有生灵随我伴，荒丘深处蟋蛙鸣。

遂昌县荣膺“中华诗词之乡”有怀

处州绿谷递秋香，天下高贤聚遂昌。
千佛盘嵌云雾笑，神龙[①]潜伏瑞光祥。
已经细品汤公[②]酒，犹可欣闻国粹乡。
再看瓯江宽两岸，帆船鸣棹正开航。

春过青田九门寨（通韵）

驱车沿道内冯寻，摇降明窗凉气新。
曲径危峰披万木，深源峭壁锁重门。
枝头橄榄风波应，坛庙石佛香火氲。
虽逗峡中才半晌，逸情忽若满山林。

宿青田祯旺吴畲村（通韵）

重山行尽到吴畲，万顷松竹隐浪叠。
破壁残寒旧区委，空幽疏户古石街。
村头枫树云天映，屋后鲤鱼田水约。
鲐背老潘[③]说战事，宛如先烈在冲决。

---

① 千佛、神龙为山名。

② 汤公：汤显祖。

③ 老潘：指该村老红军潘树章，2022年95岁。

夏日云和黄家畲

莲城远近热烘烘，此地山高却不同。
停驻窗开无暑气，蜓飞树密有凉风。
白银万顷巉岩贮，古寨千年苍翠融。
隔岸水车旋毂响，从容与我叙先公[①]。

赤石乡知青四十周年聚会

五月牡丹姿竞妍，一堂同伴聚跟前。
言谈往日多辛苦，抱负当时不眷怜。
体验农民来插队，身随季节学耕田。
如今人在他乡处，也系心魂古道缘。

寻母校旧址[②]

新屋排行翠柏融，白墙琉瓦映霞红。
亭门楣额仁慈墨，楼阁阶庭鳏寡翁。
同学笑颜兹想象，老师妙语不朦胧。
当年光景遥遥去，逝水归心入脑中。

① 先公：明代浙江开采银矿的先贤。
② 前几年原母校沙溪中学已被当地政府改建养老院，壬寅年季秋特前往寻址而感。

行香子·过丽水通济堰

溪岸芦扬，宝带[1]堤昂。鲤相约，白鹭成行。村街桥畔，千载樟香。赞堰亭凉，民居秀，水渠长。　　昔留遗迹，今叹良方。用木蓧，石铁包囊。灌输灵动，宜种田粮。望碧湖边，山川阔，老农忙。

江城子·大学同学聚会（通韵）

云和湖水绿如蓝，片白帆，鹭飞翻。久念知音，相面举觥欢。卅载重逢君识辨，青发少，乃儒冠。　　当年光景梦萦牵，议屈原，论罗兰[2]。砥砺人生，各自有甜酸。共叙寒温情谊在，同许诺，再团圆。

水调歌头·过家乡后溪（通韵）

今日后溪水，澈见鲤鱼游。岸垂斜柳，一片春色在枝头。樟树墩桥悠久，慈母倚栏远眺，小坝戏白鸥。石埠浣衣女，撸袖手轻揉。　　忆从前，泥污臭，龌浊流。众贤整治心切，共聚划筹谋。急转融金千万，修建沿溪两侧，旧舍启新猷。俊秀家园里，古巷觅乡愁。

---

① 宝带：即通济堰大坝采用拱形坝体，后人曾以“胜若宝带”颂之。

② 罗兰：即罗曼·罗兰，系20世纪上半叶法国著名的人道主义作家。

长相思·浙江农行情（通韵）

山也清，水也清，穹谷银鹰双翅翎，衔烛一片情。　　农行行，行行行[1]。未改初心足不停，新途再鼓声。

浣溪沙·嘉兴南湖遐思（通韵）

平远禾城风雨间，湖心孤影旧篷船，先贤言语不知眠。　　一旦冬寒出日月，百年春意满家园，盛时光景更新妍。

卜算子·南明山大源村（通韵）

未到大源村，已晓河边事。坝挺桥弯碧漪涟，新舍层叠起。　　山后蜜桃香，村垄西瓜倚。今日心足眼望花，指日何堪喜。

鹧鸪天·秋游千峡湖

碧水苍崖路蜿蜒，码头车驻蹬游船。一声汽笛鸣空谷，两岸青山接皓天。　　芦荻晃，白鸥旋。西斜日影耀银涟。当年樟树[2]无从找，渤海新街在眼前。

---

① 行行行：读音háng háng xíng。

② 原景宁县渤海镇所在地已沉水库底，大樟树被迁至龙泉。

陈水根(云和)

陈水根，笔名陈源，1954年5月生，浙江云和人。中共党员，大专学历，编辑职称，退休前为公务员。曾任云和县广播电视台党组书记、总监，浙江省诗词与楹联学会理事，云和县诗词楹联学会会长。云和县诗词楹联学会、县作家协会、丽水市新四军历史研究会、中国自然资源作家协会、中华诗词学会会员，《云和诗词》（54—59辑）《安溪畲族乡志》主编，《云和县地名志》《瓯江论诗》（第2辑）副主编，在各级报刊发表诗文近100万字。现为丽水市诗词与楹联学会副会长，云和县《赤石乡志》主编。

春　芒

帘外桃红落，樱花正盛开。
春晖何以报，小草锁尘埃。

登蟾峰阁

松烟竹霭映霞红，衬托青峰气势雄。
溪绕孤山添雅趣，桥横两岸助云风。
林坡万树临幽径，峭壁千寻立紫穹。
鱼戏蓝天人共舞，桃园胜境玉盘中。

晨练随吟

雾锁瓯江罩碧空，遥望山色尽迷蒙。
长堤十里风摇柳，仿佛人生仙境中。

神舟十三号飞行任务圆满成功[①]

半年在轨太空行，揽月追星回北京。
天地相通圆国梦，神舟旋返颂群英。

---

① 2021年4月16日，神舟十三号载人飞船在轨183天返回舱成功着陆。

仲　春

晨有和风扑面来，春光嫩绿百花开。
林间群鸟情歌唱，彩蝶翩跹紫燕回。

好溪岸柳

垂杨夹岸总多情，诚约和风相送迎。
我趁春光书浪漫，不关风雨不关晴。

阳　春

朝阳热吻桃花脸，细雨轻揉杨柳腰。
看得樱花生妒忌，争相挤入撒春娇。

无　题

桂菊飘香带露妍，凝眸仰望蔚蓝天。
推心试问初弦月，多少相思能补圆？

漫话情人节（新韵）

大地回春紫气浓，元宵欢聚舞狮龙。
人居南北情一样，节在东西味不同。

壬寅新春

红梅傲雪开春序，日夜轩窗挂水帘。
承雨露幽林秀润，朝岚夕霭涌云天。

秋　思

凉风撩动我衣裳，雁过无声诗一行。
志向蓝天千里外，路遥何惧自当强。

夏日西坑

野径清幽到碧霄，临风倚树也逍遥。
闲云一抹山尖绕，脚踏岚峰暑气消。

贵州游

自古地无三尺平，山尖如帽并肩行。
车随云朵弯弯绕，碧水清潭日月明。

金秋抒怀

一树开花满院香，九秋硕果饱经霜。
青山翠竹随风舞，候鸟蓝天穿雾翔。
黄苇滩边承雨露，红枫岭上沐朝阳。
举杯邀月瞻前事，心有情诗向远方。

壬寅十月金秋颂

凝眸大地竞芬芳，放眼神州喜庆扬。
一派生机兴社稷，百年巨变著华章。
中枢远瞩雄心壮，黎庶欢歌幸福长。
天上恒星悬北斗，征程何惧雨风狂。

采风感怀

十里烟霞一望收，盈眸红柿压枝头。
芳菲景色横窗外，诗旅乡魂满酒瓯。
月下吟诗浓兴趣，篱旁赏菊淡深秋。
无边落叶藏春梦，抛却人间千古愁。

秋游梯田

青黄杂糅锁晴空，丹桂飘香秋意融。
深壑山尖浮绿浪，田边牛背坐村童。
群峦叠翠诗心醉，竹海扬波雾色蒙。
美稼盈眸谷仓满，风光尽揽在怀中。

过双龙镇感怀

心游奇境架天桥，云贵常温暑气消。
岭上丛林添锦绣，谷中花草尽妖娆。
难能今日诗情诉，安得此生风雨萧。
吾辈曾经多少梦？老来不枉乐逍遥。

重游石门洞

青峰耸立清香溢，碧水嵩峦秀玉腰。
万顷波涛归大海，千年圣地颂天骄。
闲云几朵山尖绕，瀑布一帘崖壁飘。
幽谷迷人心已醉，莺栖绿树唱歌谣。

游百丈漈

自古喷珠飞白练，奔腾万丈入深渊。
群峰叠翠银河落，百壑争流天籁传。
三漈弹弦音乐美，千潭映月彩虹妍。
横穿水幕步苍宇，洗净尘心也是仙。

西坑[1] 志书评审会

外婆家里时贤慕，进士[2]梧溪话寂寥。
一树古樟明月耀，两堤翠木暗香飘。
清风有意催人奋，热浪无踪入梦遥。
多少芳华流水去，求真何惧路迢迢。

---

① 文成西坑乡梧溪村是明朝国师刘伯温、晚报泰斗赵超构的外婆家。

② 进士：清代梧溪进士富怀峰考取进士后就不幸去世。

咏　荷

蛙鸣永夜闹荷田，蝉噪常阳塘涌泉。
开合花间蝴蝶舞，舒张叶下鲤鱼穿。
芙蓉出水身高洁，玉蕊迎风心自坚。
洗尽尘埃纯净地，蜻蜓学佛也登莲。

八一吟怀

年轻塞北去当兵，从此终生未了情。
衣着背包春草绿，铁锹羊镐雪花莹。
军营追梦无遗憾，诗海书田不辍耕。
耳畔时常吹号角，钢枪在手月光明。

七一抒怀

扁舟一叶著华章，波渺南湖亮曙光。
镰举东方驱黑暗，日升华夏战寒霜。
神州激励风雷荡，大业繁荣国梦扬。
天下红船齐破浪，导航北斗正奔忙。

端午南明

烟雨朦胧万象妍，弓桥似月跨山川。
眼前怀爱一幽梦，心里生情满素笺。
无限风光呈画卷，不穷紫气罩蓝天。
南明雾色浓如酒，醉倒江边也自然。

端阳前重游开潭

坡前散步爽风吹，烟雨朦胧幽谷奇。
溪畔杏桃常寂寞，园林鸟雀也亲慈。
怡心秀色时萦梦，迷眼娇花早入诗。
山水自然描国画，处州生态总相宜。

初夏遣兴

酥雨轻寒万木葱，春光遗梦意无穷。
黄莺欢唱迎朝日，锦鲤逆游明眼瞳。
芳草新荣千里秀，石榴花盛满堤红。
闲情郊外身心醉，舒爽宜人四月风。

步韵和宇真先生《题中华生态诗》

花香万里蝶为媒，塞北江南次第开。
日月云霞添异彩，金银山水听春雷。
处州风物赢天下，华夏文明出干材。
无限生机融绿色，我持拙笔和诗来。

春　讯

凌晨青鸟寄情诗，又到桃红柳绿时。
柔雨和风描画卷，芳林布谷诉相思。
群蜂采蜜花间舞，双燕衔泥檐下施。
小草萌芽来揽秀，陪君尽兴赏春枝。

新岭桃花节

杨柳红梅早报春，桃花群鸟闹芳辰。
畲歌贺瑞迷宾客，狮舞呈祥醉故人。
大腕挥毫书画卷，高朋献策富乡邻。
生机勃发风光媚，雨润禾苗万象新。

云和夜色

滩前流水抚琴弦，白鹭悠闲情意绵。
紫燕双飞寻旧主，黄莺合唱赋新篇。
人穿花海韶光里，星耀霓虹不夜天。
盼到春风苏绿野，可怜皓月照无眠。

山村致富

峡谷蜿蜒流水长，春潮涌动沐朝阳。
牛耕碧野农家富，福泽乡村黎庶康。
草木争荣添秀色，繁花怒放竞芳香。
高瞻远景圆清梦，更有锤镰在领航。

壬寅立春

奔牛破雾乐耕田，啸虎开春芳讯传。
雪野寒梅添素雅，蓝天鸿雁舞翩然。
凭栏听雨云涛渺，俯首看花景色鲜。
更有东君呈瑞气，江山无限喜清妍。

辛丑除夕

华灯璀璨闹新年，火树银花腾紫烟。
玉烛长明添喜庆，诗联竞秀续鸿篇。
同看春晚神州乐，共享天纶子弟贤。
屏里欢声传祝福，颂歌一曲动心弦。

喜迎新年

寒梅映雪向天歌，红白相依染缓坡。
回首金牛承景运，放眸玉虎助吟哦。
神舟航母声威壮，高铁蓝鲸重器多。
期待明朝圆国梦，九州欢庆舞婆娑。

二水拖蓝

云溪[①]交错柳披纱，几度春风舞九葩。
醉卧孤峰闻鸟语，醒看童子捉鱼虾。
欣迎乔木遮望眼，恭送粼波伴日斜。
月色朦胧光闪烁，东流北淌汇清嘉。

① 浮云溪向东流，云坛溪向北流，二水在独山汇合。

鹭洲晓月

晨风吹送夜阑珊，晓露晶莹落玉盘。
柳叶飘零斜照醉，荻芦摇曳月光寒。
蝶飞织锦游花径，鸟语穿林越树冠。
桂魄当空垂钓乐，群鱼独爱水中天。

鹤渚秋风

溪绕青峦波荡漾，一湾渔火满天星。
河堤杨柳环村落，山野秋光入画屏。
深水游鱼知冷暖，浅滩钓月淡枯荣。
玩泥童稚乡愁惹，花木含情相送迎。

南浦别墅

十里长堤芳草艳，一溪明月映蓝天。
面迎绿水生机涌，背靠青山瑞气缠。
巧匠融情诗画卷，蓝图着意自然缘。
儿童玩耍馨香处，翁妪休闲醉八仙。

东旭新村

听涛品茗到窗前，庭院轻歌伴酒仙。
大道通衢兴百业，清渠绕屋润千田。
满川烟雨随风至，一缕朝阳入梦缠。
绘就宏图书远景，春光无限动心弦。

采桑子·元旦抒情

金牛辞岁和风起，斗转星移。大地生机，圣洁茶花傲雪梅。　　长天虎啸驱魔疫，气势奔雷。战鼓频催，崛起中华正适时。

生查子·虎年随笔

紫燕剪纤云，柳叶风梳翠。泼墨赞梅红，歌舞诗心醉。　　寅虎报春归，喜鹊枝头戏。鬓鬣雪霜侵，和风寄青岁。

喝火令·新春抒怀

草木随风长，枯荣又一轮。阖家欢聚笑迎春。尝美酒佳肴醉，心语感仁恩。　　国有安宁日，边疆守护神。九州同庆乐黎民。只有谋新，只有更求真，只有国强军锐，逐梦定乾坤。

临江仙·春元游南明山

雨润南明佳境，乔林挺拔争辉。看柔枝滴翠华滋。景重峦峻秀，山叠嶂多姿。　　浓雾渺心潮涌，轻春难得闲时。摩崖怀古寺增辉。临窗呼澹月，邀我赋春诗。

西江月·壬寅元宵抒怀

万里长天久雨，十分明月初圆。和风伴我醉庭园，共赏春光浪漫。　　更有北京冬奥，比拼不觉天寒。国歌频奏梦魂牵，喜看健儿夺冠。

贺新郎·喜迎党的二十大

镰斧红旗耀，百年前，苍茫大地，曙光初照。浓雾迷途乌云布，领袖登高远眺。驱黑暗，梭标土炮。经历艰难来抗战，众英雄，救国生灵保。驱虎豹，共和肇。　　讴歌祖国春光好。望神州、砥柱中流，频传捷报。商海通衢宏图展，奔向康庄大道。举盛会，筹谋纲要。揽月巡洋凭北斗，踏征途，何惧风雷暴。兴壮举，展新貌。

行香子·初夏遣兴

雨滴轩窗，烟树葱茏。萱草黄花入青丛。心头快乐，脚底生风。注眸临眺，青山绿，石榴红。　　通幽曲径，欣然回首，白发频添也从容。寻芳梦里，醒后朦胧。任莺春逝，青梅煮，论英雄。

鹧鸪天·下山脱贫

山路崎岖霜露生，房檐低矮伴孤灯。我来茅屋驱寒冷，你入蓬门送暖情。　　风里走，雨中行。呕心沥血事终成。烟花辉映琼楼秀，频听乔迁欢笑声。

沁园春·云章村

云邑东方，万顷清波，十里画廊。望春风化雨，峰峦滴翠；秋光潋滟，甘露凝香。古宅依山，新楼傍岸，山野苍茫紫气扬。垂青史，蕴地灵人杰，世代流芳。　　清风牵惹衷肠。忆往昔、明公[①]开宝庄。昔秀端兄弟[②]，忠正辅主；右丞叶李[③]，治国安邦。耕读传家，开枝散叶，依旧魂牵梦故乡。歌千阕，喜蓝图绘就，正沐朝阳。

---

① 明公：云章叶氏开基始祖。

② 秀端兄弟：明公三世孙翰林待制秀夫，胞弟端夫为翰林侍讲学士，史称“二叶联芳”。

③ 叶李：元朝忽必烈时一品丞相，18岁离开云章的秀夫之孙明公五世孙。

李青葆(青田)

李青葆，笔名李剑，网名若水生，1947年11月生，浙江青田人，大专学历。国家一级作家，系中国作家协会、中华诗词学会、中国书法家协会会员，中国楹联学会理事，《中华诗词》杂志特邀点评嘉宾。曾任青田县文联副主席，青田县第六、七届政协常委，丽水市首届政协委员，市诗词学会第五、六届副会长、第七届顾问。出版有诗词楹联集《山水烟云》、长篇小说《情海无舟》、报告文学《闪烁的星辰》、散文集《山水有知音》等共18部，主编书籍20多部。多次荣获省、全国大奖，其中诗词集《行走的风暴》荣获2005年国际龙文化金奖。2004年被中国作家协会《文艺报》社授予“人民艺术家”称号。

题中华生态诗

——依韵和叶志深先生同题诗

秀山丽水我为媒，民富国强天路开。
海纳瓯江千峡浪，诗留墨韵万花台。
三乡红杏出墙去，百岳云涛护绿来。
香逸葱茏鸟声脆，伯温挥笔赋春回。

咏刘基读书处石门洞

横过瓯江景更幽，鹤溪引至国师楼。
轻岚袅袅疑飘韵，灵鸟声声道姓刘。
洞古千年锁星月，功高百代赋春秋。
垂天飞瀑亦低调，融入清潭默默流。

南明湖之春

长堤绿绕古城墙①，尤爱南明碧水乡。
两岸山青映湖翠，几多花艳逗风香。
门开隋代文星闪，鹭展江天画意翔。
昔日云帆去何处？星楼②万象赋新章。

---

① 古城墙：即处州府城墙，位于浙江省丽水市，城墙始建于隋开皇九年（589），至今已有1400多年历史。南明门（即丽水大水门），位于城南面南明湖畔。

② 星楼，即应星楼，丽水市标志性建筑，因对应天上“少微处士星宿”得名。位于丽水市区瓯江北岸南明湖畔，始建于南宋开禧三年（1207），2009年重建。

咏太鹤湖（词韵）

碧水蓝天映鹤湖，千年修炼得明珠。
横江锁住蛟龙舞，俯首指看星月图。
十里华灯燃夜色，五桥虹影壮街衢。
驾舟游罢城中景，不羡西洋爱稻鱼。

登应星楼

琼楼拔地揽云飞，放眼万山龙马驰。
江忆帝师舟载梦，城怀翡翠鸟啼诗。
千村共饮小康酒，五水同歌大治时。
三宝蜚声名四海，莲花含笑沐晨曦。

桃花岭

幽径弯弯链万山，白云出岫锁雄关。
马蹄响处风声急，豪杰回时血迹斑。
古道犹藏梦千石，桃花难慰恨连环。
举头仰望却金地①，松柏青青气自娴。

---

① 却金地：却金馆，在桃花岭上。史述某官员为买官，送重金给何文渊，何退还，并晓之以理。后人特建却金馆纪念。

咏瓯江

源共文明同浩荡，千山泉水未曾忘。
奔腾早为稻花醉，怨怒方成猛兽狂。
浊浪滔滔几涤垢，柔情脉脉九回肠。
纵然滩险江流断，亦化烟云飞海洋。

通济堰漫游

拱形大坝导溪流，浪听指挥鱼乐游。
水碧润田三万顷，景幽引客五千州。
香樟夹道展高古，圣像[1]垂光开远眸。
眼底风情令人醉，南腔北调[2]溢兰舟。

咏东西岩

何时裂石各东西，久慕名山恨见迟。
日月池中云戏水，南天门外岭成蹊。
太平古寨神奇处，翠竹新湖潇洒姿。
啼鸟传声春永驻，悠然流韵入清溪。

---

① 圣像：指治水功臣司马詹、司马南。
② 南腔北调：喻游客多，说着各地口音。呼应第四句。

登南明山

瓯江南岸有奇峰，半锁云岚画意浓。
仁寿[①]钟声传岭外，碑崖古韵袭心中。
石梁挑得千山重，仙客[②]修成百世功。
今日登高舒望眼，应星楼[③]畔艳阳红。

咏西平村

——赠唐成锁[④]

一别西平四十年，当时童子变乡贤。
羊肠化作康庄道，豪宅翻开富贵篇。
昔日虎狼成戏说[⑤]，今朝耄耋乐心田。
喜看山翠云飘白，宝马奔驰下夕烟。

咏中共青田县委旧址内冯村

水绕山环话内冯，当年灯下聚英雄。
镰锤旗展指方向，松竹林深腾赤龙。
心跳火花红日出，溪怀信仰大江融。
初心不忘为民福，此地长留诗意浓。

---

① 仁寿：即仁寿寺。

② 仙客：指晋代道士葛洪，曾在南明山修道成仙。

③ 应星楼：丽水标志性建筑，九层楼。初建五代，今系重建。

④ 唐成锁：青田县小舟山乡西平村人，当兵退伍在丽水金融单位工作，后下海在南京创业有成，现任西平村村主任。

⑤ 昔日虎狼成戏说：20世纪70年代，西平曾现老虎伤人。

咏葵山村[①]

岩有九重奇景生，神仙给力一桥横。
车迎五福千家乐，水奏三弦万象荣。
诚信经商夸志士，爱心[②]解困赞文明。
葵花开遍向阳路，雏凤清于老凤声[③]。

重访郑山村[④]

一路葱茏寻故地，潺潺水似武陵溪。
村头首见景观树，祠内犹存明代碑。
多少旧房变豪宅，百翁仁寿有期颐[⑤]。
青春为梦闯天下，大道康庄鸟自啼。

① 葵山村：在青田小舟山乡。水口胜景九重岩，传为神仙运石所叠。改革开放后，村民财路畅通。

② 爱心会：于2014年正月初一创立，创会人邹立蒙。

③ 老凤声：水口凤凰山高桥飞架，似凤凰展翅，神龙腾空。

④ 作者50年前曾在小舟山公社郑山村教书，为修乡志于2018年11月11日重到郑山，只见当年教室已成废墟，唯有门台犹在阳光下挺立。

⑤ 期颐：一百岁。郑山为长寿村，曾有100多岁老者数人，90多岁健在的不少。

咏小舟山村

清溪九曲绕村前，积水桥横通远天。
胜景七星旺文脉，白云千朵化梯田。
刘公①藏秘翔龙洞，莲座②飘香致富年。
鱼跳龙门稻留韵，尖峰③日日客如烟。

题庆元咏归廊桥④

松源溪上一龙飞，两岸联通映翠微。
雨骤护民过天堑，夜长望月盼朝曦。
阁楼几度红星聚，烽火千村金凤啼。
造福人间成胜景，奇功绝世亮非遗。

---

① 刘公：传说汉刘秀逃难曾藏此翔龙洞。1939年，浙江省委书记刘英曾往翔龙洞慰问伤员并开会。

② 莲座：指观音洞。鱼跳龙门稻留韵，意指2005年5月，青田县“稻鱼共生系统”被联合国粮农组织列入全球重要农业文化遗产保护名录。小舟山乡成为稻鱼共生示范村。费孝通为之题词“中国田鱼村”。

③ 尖峰：即大尖山。

④ 咏归桥：又名杨公桥、护龙桥、兴贤桥，位于庆元县城内，横跨松源溪，东西走向，始建于元大德十年（1306），迄今已1400多年，重建时改今名。

咏大尖山[1]

独立人间几亿秋，一身铁骨韵长留。
爱花敢斗风和雪，怀旧尤思[2]郑与邹。
脚下清溪成瀑布，眼前贡宅[3]换新楼。
雷鸣电闪寻常见，最喜彩虹[4]连亚欧。

岩龙头[5] 放歌

百合谷[6]中春意催，清溪舞动起惊雷。
岩龙万丈腾空起，景色千层如画裁。
农旅进乡田引客，稻鱼有幸[7]喜开来。
文昌亭畔七星[8]亮，多少乡贤致富回！

---

① 大尖山：位于青田县小舟山乡，是该乡最高山峰。
② 贡宅：贡生的故居。说明小舟山是个有文化底蕴的古村。
③ 郑与邹：小舟山村的两个大姓。
④ 连亚欧：指环绕大尖山周围村落的出国华侨，约5万多人，青田全县华侨33万多人。
⑤ 岩龙头：从百合谷至平风光村有岩龙长约1500米，高30至50米不等。龙头上建有文昌亭。
⑥ 百合谷：指小舟山村至地三坑的一段峡谷。
⑦ 稻鱼有幸：2005年，青田“稻鱼共生系统”被联合国粮农组织列入全球重要农业文化遗产保护名录。小舟山是稻田养鱼示范基地。
⑧ 七星：指龙翔到小舟山的七个山墩。

老鹰崖[①] 水渠

峥嵘峭壁耸云霄，展翅鹰飞崖半腰。
碧水三溪[②]难笑展，山田万亩奈禾焦。
索悬天险凿渠道，汗洒钢钎为陇苗。
难忘丰收那年月，精神海拔[③]比山高。

咏百合谷玉簪瀑

玉簪落谷地增灵，化作弦歌伴鸟声。
虹挂晴川画难似，风来白练气尤清。
隔湾遥指观音洞，转首欣看板障屏。
云雾醒来追日去，长留瀑布任飞腾。

---

① 老鹰崖：高三百丈，宽一百余丈。黄员平人引水灌田，从崖半腰打一条长宽高各1米的水渠。水渠全长3700米，人称“雄鹰渠”。

② 三溪：三条坑、地三坑。

③ 精神海拔：黄员平村于1965年开始兴建“雄鹰渠”，其精神即“自力更生、艰苦创业”精神。

咏青田稻鱼共生系统[1]

自从龙女恋田郎，鱼稻共生传八方。
万户有余[2]金是梦，千秋相伴乐无疆。
三农遗产回春暖，一粒仙丹[3]助国昌。
今日人文成胜景，五洲尽赞画中乡。

云和龙门

当年飞地到龙泉，故事神奇千古传。
龙潜水中藏影迹，湖平峰顶改山川。
丛林鸟语唐宋话，抗战史存民国篇。
如画仙宫天下绝，武陵梦境展江边。

① 青田稻鱼共生系统于2005年被联合国教科文组织评为全球重要农业文化遗产。民间传说田鱼原是东海龙王外甥女，一日，化为鲤鱼随潮水到瓯江游览，不小心受了伤，被渔民网住，卖给本地一位姓田的农民。田郎将她养在水缸里，给她疗伤。伤愈后田郎要将鱼放回瓯江。龙女感恩，身化美女，要嫁给田郎。结婚日被龙舅父废了功夫，变为田鲤鱼。田郎将她养在水稻田里，并买来人间雄鲤鱼与她配对，养殖至今。

② 有余：有鱼的谐音。

③ 一粒仙丹：比喻青田稻鱼共生系统被列为全球重要农业文化遗产而得以保护。

咏花溪谷

花溪十里百潭清，曲径通幽至宋明。
仰首鹰飞向天啸，低头水静照云横。
千年鸟道掩人迹，一度东风引客行。
举镜摄来仙界景，为看瀑布又登程。

陈宅七星村感赋

一从北斗落红尘，地脉悠悠山色新。
芳草桃花映杨柳，平畴绿野悦春神。
双溪润物人文远，古道通幽风月亲。
大树龙根携两岸，几多才俊化星辰。

重游尚仁村

仰望脑公[①]说尚仁[②]，重寻故地识难真。
琼楼十里新尤美，红豆[③]千年老更神。
院内琴声萦翠竹，树头喜鹊唱芳辰。
夜来醉看霓虹影，酒绿茶香洗客尘。

① 脑公：山名。
② 尚仁：即青田县吴坑乡尚仁村。
③ 红豆：尚仁村口有棵红豆杉，树龄已有一千多年。

咏红枫古道

几步一停上云岭，清香暗送伴吾行。
丹枫十里迎诗客，碧水三弦伴鸟声。
春至共松圆翠梦，秋浓独尔醉红程。
物稀为贵人尊此，惊艳深山有远名。

玫瑰小镇的云栖木屋

云栖民宿胜琼楼，明月秋风一望收。
木屋凝香藏古韵，眼光含笑逗轻舟。
千年旧埠湖中睡，四海游人镇内留。
若问寒冬玫去处，化为诗意到心头。

小舟山赏油菜花

油菜开时云雾香，客如蜂蝶绕山梁。
赏花千里不辞远，此地原为春故乡。

小舟山烟雨梯田

轻纱烟雨笼梯田，十里画廊诗万千。
举镜正愁无动态，牛郎恰到白云边。

温小公路通车[1]

春随公路进山来，百代千秋第一回。
从此乡村小康梦，化为红杏笑颜开。

世界农业文化遗产田鱼（二首）

（一）

水里佳人田里游，稻花香透乐悠悠。
冰肌玉骨家家爱，烈火红烧为众谋。

（二）

与稻共生鱼美人，为农默默献终身。
田中同作丰收梦，千古修来名誉珍。

吴畲红军树

沐雨经风年复年，高冈挺立梦思迁。
红军那日身旁聚，从此枝繁贺改天。

---

① 1982年6月通车。

小舟山梯田荣获“全国美丽田园”称号

田园修炼三千载，今日国评赢首魁。
从此神农若仙眷，笑声融入梦中来。

诗画梯田

天抛灵镜落山前，万片化成层岭田。
春播彩云寄新梦，秋收诗画上蓝天。

咏平风光文昌亭

英姿挺立卧龙岗，风雨烟霞腹内藏。
且喜七星[①]常做伴，更期桃李满庭芳。

岩龙岗

岩龙卧岭三千米，永为乡农护翠微。
今日化身成大道，小车驾雾绕天飞。

游百合谷

葱茏百谷景神奇，瀑布成群鸟赋诗。
孤石生花半浸水，青苔绣鞋浑不知。

① 七星：指文昌亭旁的景点七星墩。

咏王母玉簪瀑

玉簪落谷地增灵，化作弦歌伴鸟声。
虹挂晴川画难似，风来白练气尤清。

小舟山咖啡屋远眺

楼顶风高山远清，梯田千亩醉春晴。
遥望飞瀑白如练，更喜耳听啼鸟声。

贺平风光至小舟山公路通车[①]

登高回首叹苍茫，放眼风光在远方。
盛世有缘沐甘雨，青山得道向康庄。

采风小舟山

文艺为三农，轻车上碧峰。
梯田烟雨里，诗画万山中。
水挂千绫白，花开百苑红。
舒心听蛙唱，挥笔写春浓。

① 1996年12月18日通车。

游千峡湖

八百西湖会，云天亦失高。
眼前浮绿岛，山顶卷波涛。
发电装星斗，纳流储浪潮。
千年圆此梦，四海共妖娆。

咏方山

十八潭边路，清凉绝世尘。
雾来山作画，风过水成文。
红鱼追稻影，绿树播啼音。
屋老炊烟美，归携一彩云。

白岩头见闻

屋前掀稻浪，晒谷正农忙。
宝马穿田垄，古村藏殿堂。
家中鸡犬静，园里菜瓜香。
山有翔龙洞，红军曾养伤。

鹧鸪天·朝登丽水白云山[①]

山沐春风绿拥山，登高万象展容颜。一条罗带绕幽涧，十里花园[②]飘紫烟。　　池伴寺，水喷泉，钟声飞挂白云边。千年三宝[③]孕奇梦，化作朝霞金满天。

西江月·今日平风光

千丈岩龙腾跃，百峰绿树相连。春鱼秋谷满梯田，户户业兴人健。　　村口礼堂齐殿，塘中云朵飞天。豪车宝马待房前，梁上又来飞燕。

西江月·红色廊桥

曲折千山险路，疯狂百涧急流。红旗一展过濛洲，有赖廊桥相佑。　　犹见斋郎弹洞，难忘竹口[④]情仇。当年鏖战志方酬，诗化飞虹出岫。

① 丽水白云山建有白云寺，能眺望丽水市区和瓯江。

② 十里花园：指丽水市区。

③ 千年三宝：白云山脚有三宝馆，馆藏青田石雕、龙泉宝剑、龙泉青瓷等工艺珍品。

④ 斋郎，竹口：即斋郎廊桥、竹口廊桥，分别为粟裕革命军和红军长征部队同敌人战斗取得胜利的重要战役。

巫山一段云·故乡

难忘秋收日，霞飞九月天。谷黄米白品鱼鲜，灯下话丰年。　　腊月思亲友，村前看夕烟。那山那水那梯田，处处动心弦。

水调歌头·生态丽水[①]

朝别百山祖，午进处州城。玉楼花树相映，千里秀山青。爱看瓯江明月，更喜非遗瑰宝，谈笑说传承。万象唱新韵，烟雨画南明。　　遇伯温，见灵运，互签名。会仙之所，天下来客似繁星。生态人灵点赞，公仆忠勤垂范，长似领航灯。五水弦歌起，圆梦逐鲲鹏。

① 本词荣获2014—2015“中国梦想·美丽丽水”全国中华诗词大赛一等奖。

傅　瑜（云和）

傅瑜，1943年4月生，浙江淳安人，大专学历。1965年在西南大三线从事核工业事业，1971年改制为军队序列前请调回浙江，先后在云和县工业、文化部门工作，退休前为云和县政协副主席。系省戏剧家协会会员、省民间文艺家协会会员、中华诗词学会会员，曾任云和县诗词楹联学会会长、丽水市诗词楹联学会副会长、省诗词与楹联学会理事，同时兼任云和县老科技工作者协会会长，省老科技工作者协会理事。著有《傅瑜作品选》《韵海浪花》《吟情未了》等6部，主编《云和诗词》及县政协文化资料等20余部。其生平事迹入载云和县志。

访官坑慧云寺

肃穆庄严依水滨，鹰山怀抱倍精神。
一湖潋滟连僧宇，两岸葱茏绝俗尘。
暮鼓惊怔名利客，晨钟唤醒醉迷人。
抚弦犹唱参禅曲，竹韵松风万载春。

石浦露天泳池

潋滟波光日影斜，冰肌雪藕展芳华。
山前堆起一池玉，水上争开七色花。
互逐鸳鸯怀有梦，嬉戏母女兴无涯。
鱼潜蛟跃澜波起，笑语欢声醉晚霞。

坑　根

寒涧廊桥风叩门，泥墙老屋贴岩根。
牛栏嬗变咖啡屋，山野已成游旅村。
四面烟峦藏画意，一林鸟语动吟魂。
耳听天籁浑如梦，诗满行囊酒满樽。

白银谷览胜

明媚秋光瑞气融，放眸四野郁葱葱。
林涛竹韵群峦里，鸟语蝉歌晚照中。
雨洗松筠消暑气，露滋花木送凉风。
当年矿脉今何在，万缕斜晖化彩虹。

下榻牧云居

层峦叠嶂沐清晖，车路盘旋入翠微。
野菊花开金灿灿，长天雾漫雨霏霏。
游人尽逐烟云去，骚客喜携诗意归。
满目秋光遮不住，山川如画彩虹飞。

秋游仙宫湖（坡底韵）

谁送金风百姓家，山川挹秀展芳华。
岸边蜂蝶寻尘梦，水上云舟逐浪花。
游客临窗观鹭影，吟朋依韵赋仙霞。
夕阳西去归程返，漫品甘馨诗酒茶。

春游仙宫湖

莫道古稀霜染头，赏春共友作悠游。
一艘画舫湖中驶，两岸青山水底浮。
犁浪船头飞白鹭，观光岛上醉青眸。
惠风和畅幽香送，把盏吟诗意未休。

仙宫湖荡桨

秋光旖旎染重林，日照澄湖万点金。
水拍船头如击节，涛惊柳岸似援琴。
笙歌曲曲添欢意，松籁泠泠荡逸襟。
满载诗情穿浪去，风生云涌起高吟。

赤石望乡楼[1]

巍峨霞阁近身前，如黛青峰耸碧天。
云水一湖腾瑞气，风光满室尽高贤。
地灵人杰山川秀，林茂渔丰花木妍。
独倚晴窗舒远眺，诗情画意扣心弦。

观景台晨眺

云遮雾罩日蒙眬，帆影波光诗意融。
烟树迷茫浓淡里，渔舟隐约有无中。
一湖秋水连天碧，两岸霜枫带露红。
乘兴凭栏舒望眼，襟怀坦荡若仙宫。

狮山普仁寺

文殊灵塔耸云空，宝刹翻新气势雄。
古木森然浮紫气，藤萝倒挂漾清风。
梵音缭绕心尘净，禅意氤氲耳目聪。
望翠峰前香火旺，晨钟暮鼓震苍穹。

① 望乡楼为多位乡贤出资兴建，楼台设有乡贤馆。

龙门访春

日暖风和天放晴，兰舟荡漾水澄明。
山花烂漫波光闪，松影婆娑鲢鲤惊。
隔叶黄鹂歌婉转，衔泥紫燕舞轻盈。
蔷薇城堡舒环眺，犹似仙人阆苑行。

龙门撷韵

芬芳四溢正逢春，山色湖光一望新。
万里东风苏绿野，九天朝露润红尘。
碧波荡漾银鳞跃，苍鹭翱翔画楫巡。
木屋听舟[1]人若醉，裁云携梦入烟津。

三江口荡龙舟

山雨初停雾半开，清芬醉客笑盈腮。
悠悠苍鹭追波去，缓缓金龙贴水来。
十里云河腾瑞气，三江区域起歌台。
举杯小饮雄黄酒，瓯越遗风作锦裁。

---

① 木屋听舟：君鹭物业乡村别墅民宿之“听舟木屋”。

龙门插花殿

坐北朝南近水边，中堂端坐小姑贤。
霞姿月韵春容貌，面善心慈玉女仙。
救难解危名不顾，知恩报德世相传。
休教浮躁扰清梦，默献时花殿宇前。

龙门[1] 怀古

地处青山绿水中，瓯江柳岸筑行宫。
两朝拜相主朝政，七度宣麻[2]位显崇。
贬谪归途忧悸死，追思往事梦华终。
忠奸曲直难评说，极目湖天意未穷。

夜宿梯田云逸的院子

灯火阑珊夜色幽，江南此际正凉秋。
窗前竹籁扰清梦，室外蛩声叩小楼。
山月凝辉迎故客，林泉煮酒待朋俦。
松风莺韵欣为伴，抛却浮生一段愁。

① 龙门：古称汤侯门，为南宋宰相汤思退行宫，汤氏后裔繁衍地。

② 宣麻：唐宋拜相命将，用白麻纸写诏书公布于朝，称为“宣麻”。

再游九龙国家湿地公园

韵味清欢何处寻，花妍草长正春深。
鸟鸣绮树千秋韵，日照澄波万点金。
凝目耐看红鲤跃，举头欣听白鸥吟。
九龙桥上凭栏望，惬意东风豁朗襟。

游寿元湖

狭长活水袅烟波，曲径通幽画境多。
绚丽莳花开烂漫，缤纷霜叶舞婆娑。
高朋园内寻佳句，黑羽湖中度爱河。
景色撩人难自禁，低吟浅唱尽心歌。

莲丰享庄园

庄园恍若四时春，瓜果飘香更爽神。
千米回廊珍品异，百般妙味物华新。
日间欣饮葡萄酒，梦里相思红美人[1]。
一望平畴三百亩，联姻农旅耀星辰。

---

① 红美人：一种似橘非橘、似脐橙非脐橙的新品种。

堰头村

烟波缥缈画中游，棹唱临风向堰头。
夹岸蒹葭迎万客，护堤樟木历千秋。
拦河筑坝鸿功在，引水栽禾芳韵留。
喜见甘霖滋大地，蛙歌阵阵庆丰收。

大港头

二溪[①]交汇水流长，古埠而今变画乡。
新厦排排民富足，老街处处韵生香。
门迎春夏秋冬客，话带东西南北腔。
宜养宜居宜创业，人间福地胜天堂。

红枫古道

遐深古道静而幽，霜叶飞红正暮秋。
鸟啭枫林添野趣，诗题云岗足风流。
修篁浥露生机旺，涧水抚琴泉韵悠。
万树山茶花似雪，箬溪岭上放歌喉。

① 二溪：指龙泉溪与松阴溪。

游丽水双湖

春阳送暖惠风清，倩影芳姿喜气盈。
袅娜轻烟迷紫燕，翩跹翠柳啭黄莺。
波光渲染流霞美，花色斑斓照眼明。
白鹭黑禽时做伴，云舒云卷总牵情。

漫步丽水江滨公园

十里长堤春意稠，清波倒映应星楼。
香樟银杏叶鲜嫩，曲径回廊风婉柔。
翘首空中飞纸鹞，迎眸水上荡云舟。
湖山犹似丹青画，浅唱高吟任自由。

白云山

春光明媚白云悠，叠嶂层峦翠欲流。
日暖风清情缱绻，花繁林茂鸟啁啾。
五梅亭蕴诗千首，三宝馆藏名九州。
琴韵泉声多悦耳，秀山丽水醉吟眸。

历史文化古村落高演

黛瓦泥墙古韵栽，纵横阡陌绕门台。
四围屏障岿然矗，一朵莲花[①]绚丽开。
风水三桥谈趣事，松杉千树尽良材。
山村栽有梧桐[②]树，引得凤凰高演来。

夜宿云麓香舍[③]

避暑休闲何处寻，云中大漈最舒心。
放眸菰叶千重碧，映日荷塘万点金。
四面青峦藏古韵，八方雅客畅晴襟。
凉风习习催酣梦，窗外蛩机正苦吟。

参观龙泉青瓷博物馆

官窑[④]偌大缓坡前，历史长河看变迁。
沧海桑田留故事，章门哥弟拓新天。
生辉白土凭才智，载誉青瓷赖俊贤。
继往开来担使命，匠心独运续华篇。

---

① 莲花：俯瞰高演村形如一朵盛开的莲花。

② 梧桐：该村为梧桐乡所辖。

③ 云麓香舍：系景宁大漈特色民宿之一，位于海拔1050米的高山盆地之中。附近有胸径4.47米的柳杉王、千年时思寺、古廊桥、古村落和雪花漈瀑布等著名景点。

④ 官窑：龙泉青瓷博物馆外形酷似一座巨大的官窑。

凤阳山[1] 抒怀

寻幽探胜白云端，岚翠枫红涧水寒。
绝壁奇松呈异趣，悬崖飞瀑喜吟观。
瓯江源上晴光好，霞际峰巅视野宽。
伫立临风舒远眺，盈眸秋色正斑斓。

凤阳湖

高山草甸嵌珍珠，瓯水源头入画图。
摇曳芒花同起舞，悠闲鹭鸟各相呼。
虬根匝地通幽境，古木参天荫净都。
风物无边生态好，秋光清决胜蓬壶。

云坞古村下樟

枫樟挺拔越千秋，山涧寒泉石上流。
雪瀑崖头游客乐，玻璃桥上笑声稠。
林篁摇曳花含笑，书院清吟心自悠。
于此栖身添福寿，安居乐业胜封侯。

---

① 凤阳山：海拔高度1929米，为江浙第一高峰。

披云青瓷文化园

巧运匠心精构思，千年窑火恰逢时。
柔光灵气天工酿，寒影澄辉汗水滋。
温润青葱凝玉色，渊淳古朴展神姿。
盎然春意山川秀，一醉园区尽是诗。

黄龙农业科技示范园区

青山雨霁袅轻烟，农旅相融别有天。
区内千姿花草靓，园中四季果蔬鲜。
小桥流水通幽境，嘉树奇岩入雅篇。
古寺经声传耳际，超凡脱俗似神仙。

昆坑农业土地开发

马鞍山下白云边，万亩荒丘变沃田。
垄上青蛙歌缱绻，坡头紫燕舞翩跹。
丰收玉穗翻金浪，欢快机声震昊天。
协力同心描锦绣，麦香小镇写新篇。

仁岸新农业建设示范村

一脉清流日夜奔，山乡犹似大花园。
溪前款款银鸥舞，坝下哗哗雪浪喧。
石拱桥连兴富路，林荫道接小康村。
杨梅红遍心甜透，情满诗囊酒满樽。

大尖山千亩油茶庄园

满目葱茏着丽妆，花开千树白茫茫。
晨晖露润霜林翠，野径风含玉桂香。
不与金英争俏丽，惯同风雨比顽强。
枝头挂满丰收果，喜写新辞颂小康。

梦幻平岩村（二首）

（一）

地灵人杰展新容，红绿橙黄物产丰。
楼舍溪泉花树傍，梯田峡谷雾云封。
虫声鸟语传天籁，水韵松风伴客踪。
景色醉人诗更醉，犹闻村里酒香浓。

（二）

祥和宁静小乡村，古木浓荫绿掩门。
敦厚民风传远近，清纯鸟语共晨昏。
丰盈物产凭勤俭，凝聚人心赖党魂。
一幅天然山水画，莫非已入武陵源。

松阳古村落杨家堂[1]

画栋雕梁封火墙，青山环绕小村庄。
绿荫掩映云泉冷，紫气萦缠史迹长。
布达拉宫何处觅，江南秘境此间藏。
春秋数百沧桑改，古韵悠悠梦亦香。

庆元大洋湖

似水柔情处女妆，明珠镶嵌白云乡。
鳞波闪烁旻天碧，鸟语啁啾烟树苍。
山静湖清腾紫气，林幽花艳漫鲜芳。
斜晖脉脉增情致，诗意缠绵入梦长。

庆元巾子峰

栖霞福地正秋浓，万仞峰头探秘踪。
隧道幽深呈七彩，珠林茂盛叠千重。
雄奇幽秀祥云绕，沟壑崖潭紫气封。
观景听泉赏天籁，凝眸四望豁襟胸。

① 杨家堂是松阳县典型的阶梯式古村落，有金色布达拉宫之称。

清平乐·码头晨曲

碧波荡漾，鸟雀枝头唱。两岸杜鹃花怒放，惹得诗情滚烫。　　白鸥湖上翻飞，锦鳞水下游嬉。一派祥和景色，令人心旷神怡。

西江月·库区览胜

大坝拦腰锁钥，碧波映日横霓。渔歌声里笑声飞，满目风光明媚。　　几处青螺装点，数行白鹭沉迷。天然画卷启诗扉，久伫堤前若醉。

一剪梅·白鹤尖

云海翻腾漫壑沟。显现峰巅，似岛如舟。锦屏绮饰焕春容，啼鸟声声，紫气悠悠。　　风叶[①]吱吱转不休。鹤雾缠绵，霞色温柔。杜鹃万树斗芳妍，红了山头，醉了心头。

鹧鸪天·云和梯田开犁节

岁序时逢芒种期，人山人海看开犁。枝头鸟唱催耕曲，垄上云迷征战旗。　　描锦绣，写传奇，笑容满脸映虹霓。梯田拓展新天地，诗意栖居绿野畦。

---

① 风叶：指风电的三扇叶片。

醉花阴·下庄村

坐落云深幽谷处，绿掩山村古。彩鲤跃梯田，蜂舞芳丛，飞瀑添情趣。　　黄莺恰恰鸣花树，更氧吧盈坞。生态独优殊，康养休闲，总把归期误！

踏莎行·中国传统村落松阳界首

傍水依山，清风明影。得天独厚蓬莱景。古村轮廓似船形，码头驿站农商盛。　　耕读传家，人才扛鼎。相传薪火星光炯。松阴流淌万般情，悠悠文脉千秋炳。

鹧鸪天·凤阳山行

叠翠层峦千万重，悬崖绝壁挺苍松。鹤云浮动呈祥景，雪瀑飞流舞巨龙。　　风淅淅，水淙淙，山庄梦醒听晨钟。佛光旭照相辉映，枫叶经霜别样红。

鹧鸪天·题龙泉宝剑小镇

小镇标新特色浓，满街商铺宋唐风。飞歌欧冶干将韵，出鞘龙泉锐利锋。　　留史话，夺天工，千锤百炼鉴初衷。非遗文化精磨砺，剑气凌云傲九重。

金冠军(青田)

金冠军，网名抱墨，1949年11月出生，浙江青田人。旅意著名侨领，爱好中华传统文化，擅长诗书画艺术。系中华诗词学会会员、浙江省诗词与楹联学会会员、丽水市诗词楹联学会理事。

夜游处州府城

徽派欧风古味全，牌坊石砌动心弦。
徘徊且喜寒蝉在，次第相看亭阁悬。
信步来回无事客，吟诗对酒太平年。
流光灯火蓬莱影，特色名城不夜天。

处州府城

黛瓦徽风顶白墙，沥青路面石牌坊。
风摇岸柳迎游客，霞染楼台洒夕阳。
赏景聊天灯火夜，吟诗对酒语词长。
悠闲格调慢生活，古色处州情未央。

游丽水南明湖公园

山围四面抱南湖①，湍瀑泉飞可悦愉。
巽塔撑天参浩渺，少微有术解玄乎。
一帘竹色添诗韵，数处鱼惊入画图。
不忘初心仍健笔，了然尘事总归无。

① 南湖：南明湖。

丽水绿城小区随吟

高温烈日困神州，三伏难消足见愁。
庭阁乘凉风带热，泳池戏水兴忘忧。
扶疏古木亭前影，错落长廊天外楼。
如梦绿城情醉我，撩人景色复何求。

丽水南岸新城

风光出彩处州城，翠竹湖边水色清。
南岸新楼多亮点，北堤旧府久驰名。
且将江韵添神韵，也借诗情抒愫情。
人道他山花更好，我言月是故乡明。

南明湖漫行

树色参差柳岸行，南明湖碧闻啼莺。
婆娑紫竹迎风曳，光彩应星任品评。
蝶舞蜂狂歌婉转，花飞雀跃鸟多情。
铜牛为伴吟心起，近听牧童短笛声。

丽水防洪堤漫吟

大水门前古埠头，交辉灯闪韵风流。
一湖烟柳婆娑舞，两岸时花次第收。
览胜恍如云外梦，慢行屡感耳边柔。
最奇莫过应星塔，璀璨人文耀九州。

望南明湖

临窗向远晚看山，户外瓯江天际宽。
堤放霓虹风袅娜，柳摇月色意阑珊。
湖深却是溪鱼隐，云起才教树影弹。
寂寞心情忘白发，吟诗品茗自心欢。

游丽水白云山

亭台隐约白云边，大把晨光漱玉泉。
断续回声穿峡谷，高低叠岭接苍天。
树摇鸟影松风动，诗出襟怀意境牵。
防疫心情今释放，畅游一日做回仙。

南明湖夜景

漫步湖堤纳晚凉，如烟水雾送清香。
游人浑似过江鲫，情系家山话短长。

鹧鸪天·南明湖风景

柳岸蝉音花木馨，南湖潋滟水清清。应星仰视楼台醉，泻影回看云景生。　　舒远眺，忘归程。弦歌唱晚故乡情。府城灯火长虹亮，入夜风光映月明。

秋日登南明山吟

行吟竹径感衣单，喜得秋风数日闲。
闻鸟清音能解语，题诗豪气敢临关。
林深只见湍泉叠，路陡还朝峻岭攀。
爱看南明山变色，悠然错落景斑斓。

遂昌南尖岩

南尖岩下暑风侵，极目林中尽翠岑。
四季清泉淙汩汩，百常仙剑冷森森。
峰巅石柱留云影，竹海笙歌吐玉音。
陶醉眼前花泛艳，酿成诗句展衣襟。

遂昌一游

畲乡蕴古旧遗风，地展天华共月融。
林海竹奇含韵味，玉龙山下赏丹枫。

遂昌天险公路之感

任尔雄关连五湖，盘旋弯道叹宏图。
意修云路通明月，敢向太空开险衢。
一片情深山外乐，无穷奇景梦中趋。
云舒云卷谁陪伴，且倚高车独不孤。

游遂昌独山村

地辟江横别有天，独山傲立几千年。
松间生静谈尘事，竹下通禅忆古贤。
半壁泥墙风雨迹，一门家训孝廉篇。
心潮起伏无穷感，岁月归真才自然！

遂昌蔡口闲思居

竹影窗前看月光，大山深处自飘香。
庄园含绿闲思屋，溪水叮当暑气凉。

咏遂昌金矿随感

峰峦叠翠白云深，物华天宝话古今。
数代矿山酸泪史，千年沧海血风侵。
为求游客予人乐，可许抱金勿动心。
非是奢望寻石窟，只因探秘作诗吟。

游遂昌随感

古老畲歌特色区，秀峰秀水绿明珠。
湖山岛影随风浪，深谷温泉润浴肤。
石练昆腔成绝唱，牡丹亭韵奏音符。
文人名士汤先祖，政绩千秋一雅儒。

鹧鸪天·遂昌采风谒粟裕大将陵

革命山区到访时，王村气象景争奇。披霞落叶随秋舞，迎客朝阳展媚姿。　　瞻烈士，仰红旗。情怀大将忆根基。初心不忘捐灰骨，后辈尊贤赋好诗。

游缙云河阳古村

河阳古郡写春秋，甲富一方儒气浮。
八士门楼人杰出，二尊[①]稀罕美誉留。
徽风黛瓦名遐迩，家训祠堂德正修。
谁说千年尘事远，如今我在此间游。

缙云仙境

鼎湖灌耳久闻名，兀立危崖胆战惊。
叠翠青松掀簸浪，绕藤古木抚苍荆。
潺潺涧涌甘泉汩，飒飒风萧和律清。
巨笔如椽天作纸，吟诗画里独钟情。

① 二尊：传说二尊稀罕石狮为明朱元璋所赐。

观仙都鼎湖峰

盘古开天不一般，悬崖危石立云端。
千奇百怪无常态，鬼斧神工有壮观。
雅趣横生吟墨客，豪歌放曲倚栏杆。
鼎湖峰上谁能上？难遂意图心亦欢。

鹧鸪天·缙云县仙都小赤壁

小赤壁崖休计年，沧桑难掩旧时天。悠悠岁月随风去，袅袅云山带雾缠。　　穿古道，荡心弦。凌空突兀叹危巅。惯看三国是非事，英杰周瑜谁比肩。

鹧鸪天·诗咏松阳县界首村古居

界首农居旧意浓，明清小院韵相同。牌坊斗角玲珑阁，宗庙雕窗错落宫。　　看古井，赏民风。人文义节受尊崇。传家祖训千秋继，乡土情怀在此中。

谒松阳才女张玉娘墓

一曲哀思绝代吟，洞房未亮烛伤心。
沈郎修短凄凉梦，玉女含悲丧乱音。
世俗难怜孤枕恨，苍天不恤早霜侵。
松阳花落乌啼血，冷月冢前寒雨沉。

参观龙泉青瓷博物馆

哥弟龙窑浴火生，荷杯宫碗久齐名。
泛黄月白舒心曲，滴釉天蓝气质清。
成绝品，靛新声。浑然一抹意相呈。
冰瓷片裂磬如玉，古朴无华细细评。

贺龙泉张建平教授青瓷艺术馆

探究澄泥艺自精，遐思抽象任纵横。
素颜釉滴心胸阔，尔雅温文气质清。
魏晋唐风神未减，东西古韵意相呈。
青瓷有味谁能比，翰墨书香久负名。

云和梨王

云和雪果满千枝，四斤三分一颗奇。
玉母天宫开盛宴，蟠桃换李不违规。

畲族风情

畲乡廊桥画卷中，地展天华古色风。
峰壑云泠秋气爽，封金山寨赏丹枫。

云和一日游

轻车一路上云和，环翠石塘风味多。
沙玩长汀翻靓影，客游桑岭画嵯峨。
民居傍水新时尚，小镇传书乐放歌。
漫说人间仙境远，梯田叠叠到银河。

畅游泰顺大峡谷温泉

安得风光竞一流，美哉泰顺意深幽。
林中碧翠氡泉热，池内芬芳暖气柔。
野雀夜来惊峡谷，红枫秋至漫山沟。
玉龙峰下陶然梦，云海溪回乐自悠。

青田石雕

刀上乾坤巧镂空，江南一绝艺无穷。
梅标清骨青如玉，兰挺幽芳景自融。
不尽云山生雾里，多姿亭阁隐云中。
大师之作千年韵，奇石天然神斧功。

太鹤山漫吟

深秋太鹤雨微茫，十月爬山惜点凉。
遍岭苍松仍有范，连株野菊已涂黄。
悬空剑石云崖险，带佛混元天地长。
坐听泉声亭外响，风情感动是家乡。

秋日杂咏

凉意披衣上阁楼，夜阑窗外景清幽。
纵然褪色嗟来晚，却可登高放下愁。
半吐黄花空寂寞，初开玉桂竞芳柔。
一壶香茗诚邀月，红叶题诗正九秋。

忆童年

上学经村几道弯，童年一日两回还。
明知路滑不愁冷，自笑衣单视等闲。
也忆光身偏沐雨，更思赤脚敢登山。
乡情可念时留步，岁月堪怜双鬓斑。

太鹤山下秋日

日暮悠闲柳岸游，鹤城熙攘马车流。
男儿健步元阳足，老者挥拳太极柔。
曲雅回音歌意古，湖深倒影月光浮。
瓯江秀色神来笔，激动乡情好个秋。

重阳太鹤湖观景

登高踮脚立新桥，灵动瓯江一望遥。
缥缈晨云依古塔，初升旭日照芭蕉。
九秋柳岸蓬莱影，三伏残荷碧叶凋。
放眼家山天地阔，重阳风月看今朝。

秋日龙津公园

悄然凉入暑初收，疏树蝉嘶报立秋。
可见园中花色减，更闻岭上鸟声稠。
闲云舒卷休相问，别事纷争莫苟求。
乐享天年心意惬，随风落叶也风流。

感世吟

难描客梦鬓衰稀，早把虚名付酒卮。
雪月风霜多少事，楚河汉界古今棋。
壮行坎坷非吾意，久涉沉浮独自知。
飞逝韶华人见老，年来只剩感怀诗。

探亲双垟村

坐对罗松耸入天，巍然屹立近千年。
长空树下消残暑，老屋楼头起晚烟。
八角亭高云为伴，双垟岭峻水相连。
重游略忘朱颜改，情意深深值万钱。

怀青田九都安福寺

通幽竹径入丛林，十里萧萧古树侵。
禅寺枫红秋色重，东墙菊艳雁书沉。
道风纯正非关景，佛法慈悲别有箴。
诸事人间犹唱晚，空怀世俗到如今。

少年打水漂

鹅石江边圆且扁，找来好打水中漂。
眼前一串浪花远，拍手连声笑弯腰。

打水漂

投石江心惊碧流，吼声一响楚天秋。
水花几串开还合，素练三排散复收。
白鹭翻身飞北岸，野鹑奋爪落沙洲。
吟诗唯有追童趣，回首当年乐不休。

章旦陈沃底大榕树吟

盘虬巨伞耸云天，屹立村头几百年。
鸟戏纵横风水树，蛙鸣远近稻鱼田。
顽皮傻气拼爬比，可爱童真喜作巅。
今欲登高空有梦，心怀折柳总情牵。

题青田千丝

千丝挂壁水清悠，叶落枫红瀑布流。
野径寻芳看旧迹，园亭拾翠忆初游。
印园摩石人文趣，艺海碑林韵味稠。
满眼风光诗画意，赏心一醉复何求。

千峡湖笔架山感

远眺山峦笔架峰，嶙峋崛起傲天穹。
谢公玉律诗情韵，汤祖金书唐宋风。
千峡湖光晴且雨，数泉枫色气如虹。
瓯江浩荡云溪水，墨客轻吟醉梦中。

千峡湖吟

桥墩百丈似天台，鹰老横飞不敢来。
两岸崖头悬赤壁，半湖波影映田畡。
畅游一日瞰寒野，越过三山寻早梅。
莫问故乡思往事，于今秀色笑颜开。

畅游太鹤公园

藤攀雅阁绿成荫，剑石混元悦客心。
阵阵秋风吹面冷，悠悠明月卧松沉。
半山佛寺檀香淡，点易碑崖禅意深。
路滑粘苔高立处，叹无足力再登临。

西天村偶感

雾里西天醉眼花，丛林分路带溪斜。
山风入户宵星静，明月临窗鸟语哗。
几句歪诗难尽意，三杯乡酒复何嗟。
初成拙作自清赏，高枕村夫只品茶。

彭满英(莲都)

彭满英，笔名瑛子，1952年1月生，浙江省丽水市莲都区人。中共党员，中专学历，小学高级教师，已退休。系中华诗词学会、浙江省诗词与楹联学会、丽水市诗词楹联学会、莲城诗词楹联学会会员。现为丽水市诗词楹联学会理事、办公室副主任。2012年荣获首届“华夏诗词论坛”征稿评选二等奖，2017年《南城新貌》荣获“大美南城”诗词比赛三等奖，2018年《九龙湿地》获“雅集京华·诗会百家”首届全国百家诗会评选一等奖，2021年获“庆祝中国共产党成立100周年丽水老干部‘党建春联’进万家”征集评选一等奖。

南明湖

山黛云烟绕，湖清鱼戏波。
轻舟行画里，月下唱渔歌。

南明山云阁崖

石壁如屏立，摩崖石刻题。
古人风骨在，添得一山奇。

登南明山

拾级南明上，步移迷景新。
湖平明秀灿，瀑泻雪花纯。
鸟语传春韵，梵音消客尘。
摩崖镌字古，真迹世弥珍。

青田石门洞

银练从天挂，林荫隐碧潭。
瀑声惊鹭起，云影戏鱼穿。
胜地刘公谒，倾谈国梦圆。
洞藏奇异景，恋我忘回还。

碧湖古镇

瓯江穿镜过，风正一帆悬。
街石沧桑印，门窗古韵镌。
千田滋堰水，五谷庆丰年。
集市非凡闹，繁荣入画笺。

南明山石梁

凌空巨石卧云间，宛若长虹落九天。
石刻摩崖留胜迹，奇观千古有遗篇。

南明山映月池

半亩清池一鉴开，石梁月影共徘徊。
横桥千古沧桑历，碧水幽幽胜景裁。

翠谷金溪淘金有感

碧水潺潺山涧穿，鸟声婉转绿荫传。
淘金增趣方知苦，欲得真金必志坚。

并蒂莲

一脉相连并蒂开，不离不弃两无猜。
心融日月亭亭立，同吐清香靓粉腮。

题蔷薇

如瀑嫣红泻绿墙，花儿浪漫鸟声扬。
蜂亲蝶舞深情诉，欲让春光四季长。

遂昌高坪杜鹃花

万亩鹃花绿映红，风姿绰约笑东风。
人潮涌动芳魂舞，醉在高坪诗画中。

题观音岩[①]

观音岩景独风情，悬瀑松风尘拂清。
狮象雄姿横碧落，峰藏天马瑞烟盈。

世界最大佛像——观音岩

观音岩立景奇妍，造化天成结佛缘。
气势恢宏名贯耳，雄居世界梵音传。

① 诗内含观音岩六处景点。

辛丑瓯江山水诗路感怀

爱向瓯江诗路行，画乡古堰蕴风情。
群山不墨千秋画，瓯水无弦万籁声。
渠道千年流碧秀，良田万顷获丰盈。
渔歌唱晚寒梅笑，忽报春来虎岁迎。

丽水巨变

绿水青山党帜扬，锤镰高举步康庄。
千村示范花园美，万户脱贫幸福长。
高铁银鹰通四海，奔驰宝马驶家乡。
山乡城市春光媚，圆梦千秋再远航。

处州白莲

六江源水润荷田，碧叶翻风珠滚圆。
绿影青茎摇自在，娇姿红袖舞翩跹。
莲房静谧深藏子，粒大甘甜醉食仙。
润肺养神长寿果，畅销四海已千年。

南明山

山岭蜿蜒接碧穹，亭依峭壁隐岚中。
石梁横卧云中挂，飞瀑垂帘百丈空。
树木参天吟古韵，小桥流水颂新风。
摩崖石刻增辉彩，文化传承不朽功。

秋游白云山

气爽神怡脚步轻，松涛一路伴吟行。
秋风习习层林染，落叶飘飘美画屏。
远望山枫掀彩浪，近观野菊舞娉婷。
白云邀我青峰上，俯瞰莲城锦绣横。

碧湖镇下南山村

泥墙青瓦群山抱，梯叠井然瓯越风。
古木参天添雅韵，鲜花娇媚寄情浓。
娇莺恰恰廊檐外，飞瀑哗哗幽谷中。
借问桃源何处是，南山古寨可称雄。

《应星楼中华生态诗创作基地挂牌》感赋

星楼璀璨映云空，耀古烁今文化融。
历尽沧桑存砥节，翻开史卷看兴隆。
诗潮涌起三江荡，雅韵飞扬四海崇。
览胜采风成胜地，迎来骚客影重重。

古堰画乡

远山如黛绕云烟，近水微澜鸥鹭翩。
青瓦粉墙藏画里，茂林修竹拥清泉。
白帆点点云天远，乌鹊声声烟树传。
生态纯真如处女，无边风月惹人怜。

游丽水中山公园

新园引得游人聚，灿灿花开百媚娇。
曲径通幽泉问候，亭台静谧鸟相招。
清风着意芳香送，蛱蝶携情画韵逍。
高处独登凝望远，春光旖旎涌诗潮。

山根村

大梁山下百花香，淳朴畲家沐艳阳。
细作精耕仓溢满，持家勤俭福绵长。
山歌美妙情豪爽，舞蹈传神步铿锵。
美丽山根新貌展，同圆绮梦奔康庄。

安岱后革命根据地

红军转战浙西南，露宿风餐不畏艰。
携手军民齐上阵，坚持与敌久周旋。
斋郎一战非凡义，游击三年星火燃。
鲜血染红安岱后，英雄浩气贯长天。

游莲都中溪红枫岭

蜿蜒古道接云天，十里羊肠隐翠峦。
枫染霜天红浪漫，菊滋雨露色斑斓。
半山竹影摇空翠，遍野芦花翻雪妍。
漫步岭中情缱绻，夕阳西下不思还。

云和梅湾村

画里居民故事藏，家风纯朴史悠长。
多情山水新风唱，无价乡村古韵扬。
纪念碑前怀烈士，红军道上忆沧桑。
丰碑不朽后人励，革命精神永放光。

初春游双湖

春风拂柳吐新芽，细雨滋花烂若霞。
紫燕穿梭留倩影，晴鸥嬉戏展芳华。
天蓝地绿山河媚，云淡风轻意境佳。
放眼双湖诗万卷，一笺水墨引人夸。

重游南明山

山岭蜿蜒接碧穹，亭依峭壁抱岚中。
石梁横卧孤云挂，飞瀑垂帘百丈空。
重上南明寻古韵，拾来妙句赋新风。
摩崖石刻留光彩，映照前人不朽功。

观中山公园菊展[1]

宋韵领衔展菊芳，造型奇妙美成章。
金戈铁马黄金甲，玉宇琼楼晚节香[2]。
五彩斑斓迷望眼，满园锦绣醉心房。
迎霜沐露铮铮骨，独领风骚正气扬。

访太平横岗村

通村曲径绕云烟，拂面春风空气鲜。
翠竹苍松连翠岭，奇峰险岫接云天。
已闻红色新篇谱，还觅初心故事传。
农旅相融经济促，如今生活似神仙。

贺第三届丽水市瓯江山水诗路暨中华生态诗高峰论坛开幕

锦绣莲都百媚娇，瓯江碧水涌春潮。
两山指引宏图展，诗路创新生态描。
国粹留香催奋进，文坛焕彩向高标。
清词丽句东风趁，便引诗情到碧霄。

---

① 此次菊展依循宋词《水调歌头·明月几时有》《破阵子·为陈同甫赋壮词以寄之》等词为内容而设置。

② “黄金甲”“晚节香”均属菊花别名。

和虞会长《夏日长堤》

轻舟犁雪过青峰，晚唱渔歌韵味浓。
鸟啭花丛飞彩碟，柳垂堤岸纳凉风。
霓虹灿烂湖波亮，舞步轻盈笑脸红。
近水楼台闲对坐，悠然品茗月当空。

依韵和叶志深会长《题中华生态诗》

绿水清山风作谋，频吹诗路百花开。
传承国粹珠玑吐，续写鸿篇妙句裁。
美丽城乡开画境，自然生态作诗台。
喜闻骚苑春雷响，引领潮头向未来。

大港头平地村

依山傍水小村庄，黛瓦泥墙幽境藏。
风送松涛添韵逸，鸟鸣绿影寄情长。
夜栖民宿听流水，静卧花间醉月光。
胜地曾迎仙客住，桃源早已名远扬。

瓯江行吟

千里瓯江水向东，越滩穿峡显神通。
青山绿水文明铸，鸟语花香文化融。
筑坝截流开胜景，养鱼发电创新功。
轻舟一叶云天荡，浩渺烟波架彩虹。

碧湖镇里河村

堰渠缓缓送清流，种树浇花环境优。
阡陌纵横连万亩，田园上下喜丰收。
农房改造新颜换，吉日迁居福祉谋。
紫燕翩翩飞故里，莺栖绿树启歌喉。

峰原乡西坑村

深山环抱土民房，画栋雕梁透古香。
邻里和谐欢乐漾，民风淳朴德芳扬。
网连路畅通天下，车来人往享康庄。
弹指穷乡成胜地，党恩浩荡谱华章。

峰原乡赛坑村

青山为幕树为墙，隐世古村云里藏。
黑瓦泥墙藏屋绮，清风竹影送花香。
山清水秀原生态，度假休闲好地方。
忘返流连初乍到，魂牵梦绕胜家乡。

清平乐·画乡行

入梅阴雨，热退生凉暑。邀友画乡欢乐聚，漫步老街忆古。　　香樟掩港埠千年，丝绸之路绵延。舟荡碧波入画，渔歌唱晚堪怜。

清平乐·雨中观荷

荷田雨乱，翠盖珍珠窜。十里影红摇璀璨，蛙鼓声声鱼唤。　　云消日出飘香，翩翩蝶舞情长。莲叶风吹清韵，拈来谱写诗章。

少年游·富岭赏荷

芙蓉出水向阳开，玉骨绝尘埃。亭亭玉立，留人陶醉，香气沁心怀。　　花红并蒂情难老，牵手上瑶台。一曲莲歌，心驰神往，浪漫画中裁。

卜算子·咏荷

池碧荡涟漪，花艳迎阳放，香惹蜻蜓吻粉红，袅袅清香漾。　　倒影鲤鱼追，翠盖青蛙唱，玉骨冰肌彩笔描，方识君高尚。

柳梢青·大坑口赏荷

碧野风轻，绿藤绕架，瓜果丰盈。菡萏娉婷，翠盘珠滚，玉洁冰清。　　我来赏胜倾听，那花语、纯真动情。世外桃源，悠然漫步，醉入幽馨。

浣溪沙·南明湖雾景

雾锁南明蔽日光，青山绿水此中藏。长堤十里碧茫茫。　　塔耸楼危风缱绻，桥横波卧曲悠扬。轻舟载我入诗乡。

鹧鸪天·九龙湿地萤火虫

小小精灵湿地行，夜凉如水识晶莹。临江影动金光闪，向往辉生星海明。　　花吐蕊，草含情。芬芳幽雅伴流萤。奇观总让人迷醉，疑对林间梦幻情。

鹧鸪天·莲都利山村赏荷

六月荷花沐日芳，粉红洁白靓新装。翻风翠盖银珠泻，摇柄粉房红鲤藏。　　蜂恋艳，蝶偷香。白莲深处是天堂。两山理论光芒放，生态乡村步小康。

鹧鸪天·老竹新陶村

四面环山碧接天，荷香袅袅绕窗前。蓝天碧水新天地，黑瓦青砖古韵篇。　　松柏翠，野花鲜。红军桥上忆英贤。党旗飘得新陶富，红色乡村春满园。

鹧鸪天·仙渡乡滴水岩村

村建括苍古道旁，田园四季果瓜香。流泉映月悠扬韵，耀眼宏图锦绣章。　　寻足迹，踏山乡。缅怀先烈志昂扬。礼堂文化人心润，引领家家奔小康。

鹧鸪天·游南尖岩抒怀

游览南尖兴盎然，步移景异画图妍。三峰叠翠凌霄矗，九瀑飞虹崖壁悬。　　云涌浪，峡通天。玻璃桥险扣心弦。桃源胜地迷人醉，驻足痴痴不念还。

一七令·莲城龙凤茶

茶
青叶，嫩芽。
凝灵秀，聚精华。
天然生态，纯洁无瑕。
茗香俗念洗，绿乳舞琼花。
常饮清心健体，交友馈赠绝佳。
茶道传承精品秀，莲城龙凤世人夸。

张路福（景宁）

张路福（1931—2011），本名张子琦，浙江省景宁畲族自治县英川镇黄谢圩村人，初小文化，农民，中共党员。长年记劳动日记、家庭收支录和造屋记。晚年在劳作间隙和农事之余吟诗写稿，留下500多首土诗，数十万字文稿，经其幼子整理，已出版《土诗》《土诗2》《路福记事》《路福记事2》等四部，形成“路福记事、土诗”系列。

秋纳农家

秋高天气凉，燕子回暖方。
田间稻谷黄，村民收割忙。
粮食打晒好，储藏心稳当。
老少皆欢笑，苦尽也甘甜。

田野绿草无牛吃

历代耕牛是义畜，山区田地赖它拖。
近代农说养牛烦，乡村耕牛已不多。

耕地荒多

青年进城打工去，农村留下老与童。
本想多耕几亩地，力不从心田多荒。

牛

义畜算来是耕牛，为农出力来拖田。
早晨放山去吃草，多数夜晚自归栏。

犬　吠

卧犬入栏在戍乡，守住大门保吉祥。
闻到动静汪汪吠，见到主人摇尾巴。

金鸡报晓

黑夜金鸡已开声，伴奏人眠有热情。
啼叫七遍天明了，农夫早起下田塍。

蚂蚁赞

蚂蚁虽小只数多，且有团结聚义深。
莫道其身抵抗弱，三分力量也可观。

蚯蚓与青蛙

蚯蚓青蛙在田间，很少碰面说闲谈。
一日有幸相聚起，互谈平生有波澜。

竹与笋

竹笋好似娘与女，先做女儿后做娘。
岁月流转笋成竹，可做器具可遮阳。

水与茶

山涧自有清泉水，媳妇三月采茶忙。
婆婆烧水百度滚，泡出香茶奉客尝。

花与人

屋后山花竟自开，窗外秋风岁岁来。
青山绿水年年在，光阴一去不复回。

花与农事

粗七开花要耐力，黄菊开花悔不及。
人误地时地误年，整地下种要抓齐。

忆　草[①]

野地绿草自然长，既是良药又是粮。
更是绿色风景美，贡献为民代代忙。

忆耕牛[②]

耕牛拖田为老农，耐苦耐劳立大功。
忆苦思甜不忘本，感谢历代牛愚公。

---

① 上辈人说在昔日荒年岁月中只要有盐，许多野草拔来烧熟后也可当作粮食充饥，以此济命。

② 处境：牛，几千年来为农夫拖田吃苦耐劳。稻谷粒粒珍重，代代不离牛辛。

求医在外忆老伴

菊珠二十进我门，破烂门户置此身。
为我生养五子女，生活苦楚费精神。
相伴相守五十年，不说功劳也苦辛。
来时黑发额边垂，如今满首白似银。

柴（二首）

（一）

山上杂柴绿又青，空气新鲜健人身。
砍后发蘖年年大，人人要爱杂柴根。

（二）

杂柴也是好东西，烧食取暖不可离。
锦上添花处处有，雪中送炭世间稀。

风雨情（四首选二）

（二）

夏风拂拂气温和，大地草木展新枝。
夏雨连连润万物，瓜长果熟适时期。

（三）

秋风习习心肠好，似说秋收早安排。
秋雨绵绵情意长，水稻丰收乐开怀。

清明时节（组诗）

（一）

清明寒食节，家家上坟地。
用火要谨慎，安全为第一。

（二）

一夜雷雨催，万朵白花开。
红花托绿叶，紫燕展翅来。

（三）

谷雨即将到，农夫播种忙。
盼望收成好，不怕辛苦尝。

（四）

昨夜风雨催，茶叶尽吹开。
家人脚手少，眼看采不归。

农家粮食诗（二首）

（一）

水稻世上第一宝，百姓活命不可少。
玉米番薯马铃薯，肚饿充饥有功劳。

（二）

大麦小麦也是宝，面条糕点少不了。
黄粟高粱价值高，酿酒养生好原料。

农历节气

（农家二十四节气诗，选十二首）

立春

立春乃为四季首，新岁吉祥好开头。
灿烂阳光临大地，多姿艳色满神州。

雨水

雨水绵绵下土壤，万物抽茎靠它养。
风和日丽自然景，春到人间草木长。

春分

春分正值半春中，山野芳菲百花红。
夜短昼长随日变，不冷不热好劳动。

谷雨

谷雨翻耕播谷子，农事早早安排中。
一年之计自春始，春耕生产莫放松。

小满

小满来时雨水旺，流涨山溪满池塘。
晚归早起何言苦，插完秧田过端阳。

芒种

芒种时节百家忙，田园农事多又杂。
三分耕种七分管，除虫铲草种好粮。

小暑

小暑正当六月天，炎炎热气逐日添。
肩荷铁锄勤查看，不使禾苗断水源。

立秋

立秋之际有秋淋，时热时湿病虫增。
抓好后期虫管理，防止稻瘟病发生。

寒露

寒露降临农事忙，割稻拔豆喜洋洋。
重阳备酒做麻酥，敬祝老人福寿长。

立冬

立冬来到番薯地，男掘女刨忙不已。
放牛出栏自寻草，晒谷碾米炊粉皮。

小雪

小雪气候入冬寒，一家老少始穿棉。
昼短夜长睡眠足，日里砍柴总算闲。

大寒

大寒节气近年关，宰猪做粿乐翻天。
儿女打工回家转，一门团聚过大年。

农妇劝郎诗

第一劝郎莫学嬉，你若想嬉忍肚饥；
田园须要勤翻垦，土面易求面难提。
第二劝郎要勤耕，天光早起莫懒眠；
起早三朝顶一日，劝你耕种仓丰盈。
第三劝郎种大垢，既省犁耙又省牛；
早插秧苗早施肥，除虫顾水保丰收。
第四劝郎莫学赌，你若学赌是命丧；
赌财能输家破产，赌食能使人命亡。
第五劝郎莫习嫖，邪道之路却藏刀；
自己妻房共甘苦，生男育女也逍遥。
第六劝郎莫饮酒，喝酒成瘾本意离；
喝醉之时神经乱，骂人打人惹是非。
第七劝郎莫吸烟，既损身体又耗钱；
恐怕烟蒂成隐患，事到临头祸殃连。

第八劝郎爱家亲，父母之恩似海深；
兄弟之情如手足，邻里乡亲有缘人。
第九劝郎莫入奢，节俭度日好风尚；
粗菜淡饭过日子，保住素质得安康。
第十劝郎取正财，不义之财手莫伸；
善恶到头终有报，远在儿孙近在身。

恩爱夫妻

张青青呀张青青，恩爱夫妻难舍离。
姻缘本是前生定，日出月落定有期。

狮舞吉祥

鸬鹚狮子来村中，老少喜看闹哄哄。
瑞气临门家家乐，风调雨顺庆年丰。

花鼓来村

多年未见花鼓班，毛垟花鼓来拜年。
大幢屋内人挤满，个个看后展笑颜。

路道大整容

乡村路道有高低，走起路来扭秧歌。
如今浇上水泥路，人来人往幸福多。

三角塆

一片田山似扇形，上头两塆下合成。
外路良田荒到此，看来还要向内荒。

茶梨岗

茶岗土沃又通风，如今全部荒草中。
昔日稻谷收成好，田磡茶梨产油丰。

外　山

外向田头有大山，内头田田又相连。
全塆田坵也不少，现已埋在草丛间。

垟吊岭凉亭

前人造个好凉亭，避风挡雨似亲情。
暴日挑担坐一歇，调度疲劳继续行。

狐狸砠（竹山）

大片竹山狐狸砠，风吹竹影远飘摇。
冬雪压下千根竹，好似美女在弯腰。

毛师坑村

往上五里毛师坑，处境幽静似仙坛。
松杉翠竹风光好，空气新鲜健身丹。

石漈村

石漈村居半山塆，周围望去有田山。
粮丰林茂农家乐，据悉公路已探勘。

鲍岱村

鲍岱村居山岗上，空气新鲜暖阳光。
四面瞧望天门阔，也是养生好地方。

编者按：景宁农民张路福的《土诗》，内容以农村生活、田园劳动为主，涉及农家节气、村居土地、田园山水、邻里亲情，村民在平凡日子里的阴晴冷暖、喜怒哀乐。作者用朴素的语言，表达了对生活对劳动的无限热爱，对故土对乡亲的无限深情与眷恋，对今日国家发展进步的无限欣喜和对外部事件的自然关切。路福土诗，在浓浓的乡土气息之间，萦绕着剪不断的乡愁！

后　记

《风雅处州——丽水瓯江诗人诗词选》从2018年6月布置至今日第一辑付梓，历时5年余。时间不算长，但作为一本“瓯江诗人”诗词作品的合集，其创作的过程远远不止5年，有些作品包含了作者几年、十几年甚至几十年时间的哲理性思考。在提供稿件时，作者根据编者的要求进行了认真筛选，有的数易其稿，有的为一首诗反复交流探讨，有的成稿后多层次征求意见。其态度之诚恳，作风之扎实，工作之细心，令人钦佩。

本辑共收集12位作者、每人50首诗词曲或自由诗，共600首。诗稿或颂时，或描景，或论理，或怡情，或鞭辟，不尽相同，但精神上是正能量、鼓舞人的，可谓殊途同归。尽管诗稿的艺术性不一而道，层次不等，但其整体含金量是值得肯定的。在此，谨向12位作者长期以来的探索、研究与耕耘，向他们对本次活动的支持表示衷心的感谢。

本辑的策划编辑出版，得到了中华诗词学会常务理事、浙江省诗词与楹联学会会长王骏，丽水市诗词楹联学会老会长、中华诗词学会乡村诗词工作委员会顾问叶志深，丽水乡贤、杭州出版集团副总经理兼杭州出版社总编辑尚佐文，丽水乡贤、丽水市诗词楹联学会特约研究员张辉虎，青年摄影家、《丽水日报》记者兰雷伟等人士的热情支持帮助。在此，我们一并表示诚挚的谢意！

因限于编者水平，本书之不足甚至谬误在所难免，恭请读者老师和各方朋友批评指正。

编者

2023年11月

图书在版编目（C I P）数据

风雅处州：丽水瓯江诗人诗词选/周加祥主编．—杭州：中国美术学院出版社, 2023.12
ISBN 978-7-5503-3104-4

Ⅰ．①风… Ⅱ．①周… Ⅲ．①诗词－作品集－中国－当代 Ⅳ．①I227

中国国家版本馆CIP数据核字（2023）第171565号

责任编辑：邓秀丽
责任校对：杨轩飞
责任印制：张荣胜

风雅处州：丽水瓯江诗人诗词选
周加祥　主编

出 品 人：祝平凡
出版发行：中国美术学院出版社
地　　址：中国·杭州市南山路218号 / 邮政编码：310002
网　　址：http://www.caapress.com
经　　销：全国新华书店
印　　刷：浙江全能工艺美术印刷有限公司
版　　次：2023年12月第1版
印　　次：2023年12月第1次印刷
印　　张：13.5
开　　本：787mm × 1092mm　1/16
字　　数：120千
书　　号：ISBN 978-7-5503-3104-4
定　　价：58.00元